시와소금 시인선 044

괜찮은 사람

표현시동인회

시와소금

시와소금 시인선 044

괜찮은 사람

표현시동인회

김남극 김순실 김창균 박기동 박민수 박해림 양승준
윤용선 이화주 임동윤 정주연 조성림 최돈선
한기옥 한승태 허 림 허문영 황미라

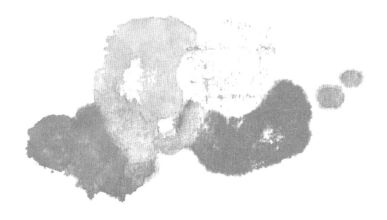

시와소금

이 시집이 누군가에게로 가서 따뜻하고 배부른 한 그릇의 밥이 되었으면 얼마나 좋으랴.

비록, 실험적인 시 쓰기라할지라도 현실을 담아내지 않는다면 그것은 공허한 메아리 같은 것. 리얼리티가 없는 환상과 지나친 언어실험을 우리는 배척한다. 열매 없는 꽃과 나무를 어찌 생명이 있다고 말하랴!

우리는, 또 하나의 서정을 위해 오늘을 산다.

표현시동인회

김남극 김순실 김창균 박기동 박민수 박해림 양승준 윤용선 이화주
임동윤 정주연 조성림 최돈선 한기옥 한승태 허 림 허문영 황미라

▌차례

제2부 ‖ 테마시 - 물

제3부 ‖ 동인 작품

제 **1** 부

동인특집

| 허 림 동인 소시집

• 신작시 | 눈 외4편
• 자선 대표시 | 초희네 집 외9편
• 시인의 말 | 강, 재즈 혹은 랩소디

| 양승준 동인 소시집

• 신작시 | 괜찮은 사람 외4편
• 자선 대표시 | 오라버니 전 상서 외9편
• 시인의 말 | 슬픔 또는 깨달음의 과정

허 림

■허 림

• 강원 홍천 출생

• 1988년 강원일보 신춘문예 등단

• 시집 〈신갈나무 푸른 그림자가 지나간다〉 〈노을강에 재즈를 듣다〉
  〈울퉁불퉁한 말〉 〈이끼, 푸른 문장을 읽다〉 〈말주머니〉가 있음

• 주소 : 강원도 홍천군 홍천읍 희망로 91

• 연락처 : 010-2282-7749

• 전자주소 : gjrla28@hanmail.net

눈 외 4편

허 림

이미 멀리 와서 보니 알겠다
내가 사랑한 사람이 누구였는지
이렇게 멀리 와서
개뿔 같은 자존심 다 내려놓고
가장 먼저 누구의 이름을 불렀는지
누구의 엄마도 아니고
누구의 이모도 고모도 아닌
내가 살면서 실패작이라 했던 운명 같은 인연을
이렇게 멀리 와서 울음처럼 불러보는 이름
가장 아파할 사람과 사람 사이
내리는 눈
뿌드득 뿌드득
밟고 오라고
하얗게 지우며 오라고

이미 멀리 와서 보니 알겠다
눈이 왜 하얗게 내리는지

11월

나뭇잎 한 장씩 내려놓을 때마다 하늘 어딘가 닿는 길은 더 푸르고
푸른 시간마저 그리워하지 않는 가을에 이르러

고요에 든다

바람을 탁발한다
마지막 공양이다

노량 가니 좋구나

어머이, 얼릉 차 타시유.

얘가 왜이래?

저기 갑시다. 지금이 딱 좋아유. 구비구비 꽃이 구름처럼 피는 큰 고개 후딱 다녀옵시다.

어딜 가자는 거냐.

가다보면 압니다.

알구 가는 길이 어디 있다구.

그래두 갑시다. 정오의 해가 뜨는 저기, 아, 어머이도 아마 처음 아니것수. 수태 길을 다 갔다 해도 가다보면 처음처럼 또 살아보고 싶지 않것냐구유. 정게 함대관령 넘을 때 '아이구 추운 눈밭에서 풀을 뜯는 양새끼들 구엽기도하지'하던 그 양새끼들두 보구, 고갯마루에서 멀리 퍼런 바다두 보고, 살아 꿈틀대는 문어도 삶아 먹구. 얼릉 후딱 다녀옵시다.

가긴 간다만, 길이란 그리 만만치 않은 게다. 갔다 온다하고 여직 못 오는 그 많은 것들. 그들이 아직 바다든 하늘이든 아직 오는 중인데, 니는 아직 모를 게다. 내는 니 간 길 다 가봤잖느냐. 볼 것 못 볼 것 다 보지 않았겠냐.

참 울음도 많고 웃음도 넘치는 게 세상이다. 믿지 말란 게 아니다. 산을 넘자면 개울도 건너지 바위등강도 넘어야지, 자빠지고, 미끄러지고, 대가리 터진 일들.

돌아보니 다 보이는 거다. 이왕이면, 얼릉 다녀올 게 아니다.

눈깔 크게 뜨고, 천천히 노량 가자구나. 그래도 다 간다. 내 처지가 딱한데, 세상에 열손가락 안에 든 들 뭐하겠냐. 그런 허울보다 인자래도 노량 살아보구 나서 그때 다시 얘기하자구나. 으떠냐 좋자.

아무럼유.

저녁 한 끼

어둠이 경진이지요

불을 끄면 다 사라지고
텅 빈
적막이라는
법문이 열립니다

그믐이 멀기만 한 섣달 초하루
가늘게 눈을 뜬
샛달이
새파랗게 날을 갈고

큰말림
솔부엉이
획
낚아 채 갑니다

캄캄한 밖 입니다

풍경

수타사 적멸보궁 처마 끝
풍경

바람이 매달린다
소리가 놓지 않는다

바람은 소리에 매달리고
소리는 바람을 부여잡고

풍
경
풍경

소리는 바람을 거스르려는 게 아니다
바람은 소리를 품으려는 게 아니다

소리는 소리대로
바람은 바람대로

풍경이다

바람을 맞아들이며
소리를 놓아주는

그대
웃음소리다

초희네 집 외 9편

하루하루 지극에 닿았다
저녁이면 거기에 별이 떴다
봄 내내 초희네 집 근처에서 놀았다
부용꽃이 지고 서리가 내린 가을이 가고
초희는 나오지 않고
그 닮은 꽃들만 고요하게 피었다졌다
작약은 피어 붉고
목단은 벙글어
천년의 기억을 더듬는다
기댈 곳이 없어 덩굴진 능소화 마냥
유유범범하니 맴돌다가 머뭇거린다
딱따구리가 죽은 감나무에 구멍을 판다

그런 기억이다
고요라는 거처
참 먼 곳이며
내안이다

묵언을 듣다

부도를 지난다
늙은 어머니 손을 잡고 천천히 느린 듯 간다
참 오랫만이구나 그 옛날 그대로
소나무 푸른 그늘을 깔고 앉았구나
붉은 가슴털을 가진 딱새가 앉아 까불대다가 날아간다
빗돌위에 내려앉은 솔잎 밑으로
강아지풀이 뿌리를 뻗고 마른 꼬리를 흔든다
부도를 지난다
부도에는 도가 없다 아니,
화두가 떠오른다
너의 화두는
무엇으로 떠돌았는가 간절했던
한 생애를 거두어 무겁게 눌러놓고
묵언을 들으라 한다
늙은 어머니가 나를 본다
눈빛이 주름살처럼 출렁거린다

밥

오랜만에 천천히
꼭꼭 씹어 넘겼네
밥상이 경전이었네
바람 불고 고달픈 저녁이 더없이 행복했네
그걸 아는데
사랑만큼
문 밖 멀리 왔네
잠시나마 생을 구박했던 날도
눈물처럼 숙연해지는 지는 나이네
모든 밥이 법문이네

장날

이른 아침부터 어린 개들이 소주를 돌려마셨다
어머이가 한입씩 부어준 것이다
먼 길 떠나는데 어찌 맨 정신으로 가겠느냐
이별주를 마신 것이다
어린 개들도 신이 났다 술김에
컹컹 짖기도 하고 깨갱 대기도 한다
주사를 부린다 이별을 눈앞에 두고
어찌 맨 정신에 헤어질 수 있겠는가 말이다
비틀비틀 부대끼며 서로 핥아주며
끙끙 우는가 싶더니 쿵 쓰러져 잔다
잠든 개들을 어머이는
사과박스에 담아 장차에 실었다
세상에 나온 지 두 달 이레 되는 날이다

신갈나무 푸른 그림자가 지나간다

자전거를 타고
한철 약수터에 오르다가
물소리를 들었다 순간적이었다
계곡 한 편으로 동행하는 길들이
물소리에 출렁거렸다
바람이 나무에 부딪혀 출렁거리고
나무가 출렁거리고 쓰러져 누운
내 몸 위의 하늘이 출렁거렸다
지구자 나뭇잎 같은 구름이
구름의 길을 가고 있다
자전거는 아직도 가야 할 길이 있는지
빈 바퀴를 돌리고
물소리는 내 몸을 뚫고
펌프질하는 왼쪽 가슴께에 닿았다
숨소리가 물소리처럼 흘러나왔다
몸이 흔들리고 길이 흔들렸다
흔들리는 것이 길뿐이랴
한철약수에 오르려는 몸짓 하나가 다시 쓰러진다
몸 어딘가에서 흘러나오는 붉은 물소리
몸 밖으로 흘러가는 물의 변주곡을 듣는 동안
신갈나무 푸른 그림자가 몸 위로 지나갔다

그리운 것들만 깃들게 하고

사람이 살지 않는 집에는
새들도 깃들지 않는다
그 흔한 쥐들도 깃들지 않는다
누구냐
사람이 집을 떠나면
사람 냄새 그리운
어둑어둑한 바람끼가 돈다
이 집 사람이 그리운 것들만
깃들게 한다

마루 구멍

옹이 빠진 마루 구멍의 저 안쪽
거미줄 사이 한 세상 풍경이 자막처럼 흔들리는
시간의 잔잔한 자서전
오래전에 잊은 상형문자 같은
끈적거리는 비밀이 우우량량 떠돌던 적막을
걷다가 걷다가 굳은살 깊은 까치눈
생의 중심을 쿡쿡 치밀면
밑줄 친 문구처럼
혹은 빈칸에 남아있는
나의 부재를 또 확인하고 싶은 저녁
어쩌면 한 번 더 신고 버리려 했는지 모를
버려도 좋고 잃어버려도 괜찮은 기억의 언어였을
반쯤 뒤축이 구겨진 길의 내막
뒤꿈치 욱신거리는 길
바닥의 구멍
저 안쪽

수화

두류공원 야외 탁자에 앉아
나무들의 수작을 보네
팔뚝 같은 배롱나무 가지를 흔들면
맞은편 단풍나무 나뭇잎
말을 되받아 치네 말의 꼬리
꼬리의 말이 온 산을 흔드네
나무가 나무의 말을 듣는 동안
나무가 나무의 말에 고개를 끄덕이네
나는 나무의 말뜻보다 나무의 몸짓
노래처럼 듣네 그 나무의 노래
춤사위 덩실거리네
술술 바람 소리 새어나오는 나무의 말들
건너 편 탁자에 앉아 수화 나누네
말의 몸짓과 표정이 뜨겁네
얼굴 붉히기도 웃어 보이기도 하는
나무의 말 같은 말
뿔처럼 내 가슴에 박히는걸 보네

폐차장에서

제 몸 하나 굴릴 수 없어 오는 것들
녹슬거나 너무 달아 반짝이는 생의 무덤,
쇠붙이는 쇠붙이대로 구부러지고 부러져 무겁고
바퀴는 바퀴대로 터지거나 찢어져
길 아닌 바퀴 위에 누워있다
바퀴들의 음모일까 트럭이 주저앉는다
누군가 아직 쓸 만하다고
추수를 수 있는 오장육부를 꺼내자
고름 덩어리 오일 시커멓게 쏟아진다
쓸 만큼 쓴 것들의 몸 상처의 거처
삐거덕 거리다가 덜커덩거리다가
오도 가도 못할 때 찾아와
오래도록 붉게 삭히면서
노을처럼 붉어진 생의 자서전을 쓴다
망초대나 강아지풀이 찾아와 놀자 한다
잠자리가 앉았다 가고
귀뚜라미 또한 내 울음처럼
몇 페이지씩 읽고
다음에 올 생을 기다리는
시간은 얼마나 큰 위안인가

절

아들 딸 구별 않고
애 들어스는 대로 아홉을 낳았다는 문경댁
열아   에 시집 와서 잠자리에 들어 낳기 시작했다는데
큰애가 예순 둘이니
더러는 두 살 터울이거나
연년생의 새끼들인데
정말 똥강아지처럼 싸우고 볶고 지지고 난리치다가도
밥상머리에선 죽기 살기로 들이밀고
눈물 찔찔 흘리며 학교 보내달라는 애를
눈 꽉 감고 알아서 빌어먹으라고
지게 작대기로 후둘궈 내쳤다는데
한 녀석은 서울서 내려간다 하고
한 녀석은 대전서 출발해 충주 사는 즈 누이랑 같이 간다 하고
한 녀석은 즈 오래비랑 울산서 고속도로에 올랐다 하며
눈물덩이 절룸발이 녀석은 포천서 막 떠났다는데

다 왔다

강, 재즈 혹은 랩소디

허 림

　물은 흘러간다. 흘러가 강이 되고 바다가 된다. 바다가 되어 둥그런 수평선이 된다. 물이 흘러온 길이 바로 우리들이 삶아온 삶의 궤적이다. 홍천의 강은 먼 고구려적 부터 그 시원을 이끌어 온다.

　벌력천(伐力川)은 홍천을 상징하는 말이다. 넓게 벌린 강이라는 이두 문자다. 이 말이 홍천의 성품을 대신한다. 그 이름은 남천으로, 녹효강으로, 화양강으로, 홍천강으로 불리면서 오늘에 이르고 있다. 이 강가에서 구석기의 아버지가 살았고, 어머니가 살았고, 그 아들딸이 살았고, 또 그 아들과 딸들이 살아 산이 되고 물이 되어 또 살았다.

　그 풍성했던 삶의 모습은 어디로 갔을까? 물이 알고 있는 낮은 곳으로 다 흘러간 건가? 물은 흐르고 흘러 끝내 수평을 이룬다, 그 심성은 인간이 가져야할 중용의 덕이다. 물은 낮은 곳을 애써 찾지 않으며 높은 곳을 탐하지 않으며 부끄럽지 않게 품고 돌아 흐르는 것이니, 물은 곧 땅을 이루고 하늘이 되고 태극이 되고 삼라만상이 되고 내가 되고 네가 되고 우리가 된다.

31

강을 따라 걸으면서 강에 귀의한다. 무색무취의 빛으로 탄주하는 물의 맑은소리에 귀의한다. 강물소리에 귀를 열고 심연의 푸르른 물빛에 마음을 연다. 마른 논에 물이 들듯 눈을 감고 몸 안으로 스미는 소리를 듣는다. 끝을 보고 흐르지 않는 묵언의 몸짓은 그냥 흐른다. 흐르다 깊어지면 소를 이루고 여울을 만나면 음악이 된다. 재즈가 된다. 강이 내준 돌다리를 건너다가 강물이 씻어 놓은 바위 위에 걸터앉아 물속의 하늘과 그 하늘의 고요를 마음에 들여 놓는다.

홍천강에선 어디든 자리를 펴도 좋다. 강을 즐기면서 내안의 울림을 들으면서 물과 함께 여행을 떠나라. 예술의 시작은 나를 떠나는 것에서 시작한다. 내안에 머물러 있다면 예술은 습의 권태를 벗어나지 못한다. 물소리처럼 자유로운 발상을 꿈꾼다. 나는 '재즈 같은 홍천강의 리버로드'로 당신을 유인해 내고 싶다. 자전거를 타고가도 좋고 걸어가도 좋다. 의미를 두지 말고 천천히 흐르는 강물처럼 저녁노을과 함께 홍천강의 리버로드가 이어진다. 강이 들려주는 재즈 같은 리듬이 싱그럽다.

나는 홍천강을 음악에 비유한다. 괘석리 연애바위에서 듣는 용소계곡의 물소리는 '하드락의 격렬한 음율'이고 덕탄계곡을 지나는 물길은 '랩소디의 숨결'이며, 도사곡리부터 이어지는 홍천강은 정말 '재즈의 선율'을 느낀다. 문화는 미래를 향하는 DNA 이다. 진화한다. 먼 선사시대부터 홍천강과 함께한 이 땅의 사람들은 그들이 남겨준 삶의 흔적을 이어온다. 물소리 닮은 서정성은 물통방아소리 같은 리듬을 실어 날랐고, 물빛 같은 순수한 마음은 감자와 찰옥수수의 맛을 빚어냈다.

여름이면 강에 배를 띄워 천렵을 하고 겨울이면 그 강에 섶다리를 놓아 건너 다녔다. 지금도 나는 강에 들어서서 견지낚시를 한다. 한 생명을 잡아 올리는 즐거움이 아니라 물을 거슬러 오르는 역동적인 삶을 통하여 지친 몸을 충전하는 것이다. 밤이면 백사장에 모닥불을 피우고 옥수수를 굽고 감자를 굽는다. 밤새 기타 소리로 별밤을 밝힌다. 그리고 도란도란 강이 들려주는 소리에 귀를 기우린다. 굽이굽이마다 감도는 물빛은 봄이면 철쭉이 얼비추고 가을이면 단풍이 붉게 불붙는다.

친구가 찾아오면 나는 노을강에 간다. 노을강은 도사곡리에서 굴지리-장항리-노일리로 이어지는 강이다. 푸른빛의 강물은 너무 깊지도 얕지도 않으며 또한 무서움을 주지 않는다. 그 강을 따라 이어지는 강안에는 왜가리와 중대백로가 물고기를 기다리기도 하며, 누구는 족대를 들고 돌을 뒤집으며 고기를 잡거나 낚시를 한다.

하루는 홍천강을 굽어보며 우뚝 서 있는 '금학산에 올라 '고주암'과 '위안터'를 감고 도는 거대한 수태극의 문양의 비경을 품는다. 수태극의 문양이 감도는 노일강을 걷는 것만으로도 강을 따라 걸어온 나그네 인생의 철학적 성찰을 느낄 수 있다. 나는 그 강을 노을강이라 했다.

홍천강은 재즈 같은 강이다. 내가 정말 재즈 같은 선율을 느낀 곳이 '거북바위 (배바위)'가 물위를 어슬렁거리는 작은 남이섬이다. 거북은 천년을 살았다는 듯 등에는 소나무 몇 그루를 기르며 강물을 거슬러 오르는 모습이다. '마곡'에서 '홍천강'은 '북한강'으로 흘러든다. 상송 같은 긴 여운의 물결이 뱃머리에 와 하얗게 부서진다.

강은 오랫동안 저 홀로 울어왔지만 어느새 사람들은 강을 닮아 있었고 강물소리에 어깨춤을 추었고 물빛을 닮은 마음으로 살아가고 있다. 사람들도 그 경계에 머무르지 않았다.

> 그대는 이 강을 따라 떠났고 물결처럼 남은 사랑만이
> 내 가슴에 와 뒤척인다 은밀하게 상처 속에 남아 있는
> 고독은 미루나무 숲 그늘 아래 서성이게 하리라
> 밤새의 울음이 적막하게 둥글어지고

나는 나무의 저쪽에서 또는

물의 안쪽에서 들려오는 메아리를 듣는다

내 사랑은 아직도 강가를 서성인다

　　　　　　　ー「노을강에서 재즈를 듣다」 중에서

양승준

■ **양승준**

• 1992년 《시와시학》 (시), 1998년 《열린시학》 (시조) 등단

• 시집 〈이웃은 차라리 없는 게 좋았다〉 〈사랑, 내 그리운 최후〉
  〈영혼의 서역〉 〈위스키를 마시고 저녁산책을 나가다〉 〈슬픔을 다스리다〉
  〈뭉게구름에 관한 보고서〉

• 연구서 〈한국현대시 500선 − 이해와 감상〉 상 · 중 · 하 등

• 원주문학상, 원주예술상, 강원문학상 수상

• 주소 : 원주시 모란1길 86, 109동 1302호 (한라비발디아파트)

• 전화 : 010−5578−8722

• 전자주소 : oldcamel@hanmail.net

괜찮은 사람 외 4편

양승준

나도 어렸을 땐
커서 괜찮은 사람이 되고 싶었다
적절할지는 모르겠으나
굳이 나무에다 비유해 보자면

하늘과 맞닿을 듯한
압도적 스케일의 메타세쿼이아나
가볍고 부드러운 데다 광택까지 있어
고급 가구재로 쓰이는 튤립나무가 아니라
바람 부는 강변에 덩그러니 서서
온몸으로 계절을 노래하는
저 미루나무 같은 사람이 되고 싶었다

어쩌면 내가 시인이 된 것도
그 때문인지 모르겠다
물론 시인이 괜찮은 사람인지는
지금도 여전히 의문이 들기는 하지만

돌아보니 엄벙덤벙 살아온 것 같지는 않아
그나마 다행이었다

뭉게구름에 관한 보고서

비로봉 위로 뭉게구름 피어오르는 걸 보니
계절이 어느덧 여름이 되었음을 알겠습니다
모름지기 뭉게구름이란
크고 둥글게 뭉쳐서 잇달아 나오는 수직운의 하나

빡빡머리 중학교 시절,
학교를 파하고 집으로 돌아오면
으레 마을 뒷산에 올라
어느 작은 묏등에 누워
뭉실뭉실 커가는 뭉게구름을 보며
몽개몽개 그리움을 키운 적이 있었습니다

그러나 뭉게구름이 새털구름으로 바뀌어
하늘이 한층 더 높고 푸르러지기도 전
새털보다도 가볍게 떠나 버린 첫사랑은
삶이 그리 만만하지 않다는 것을
어렴풋이 알게 해 주었습니다

게다가 인생이란 제 뜻대로 펼쳐지는 게 아니라
때로는 쌘비구름으로 변하여
천둥 번개를 동반한
소나기까지 퍼부을 수 있다는 것도
해마다 여름이면
뭉게구름은 자세히 가르쳐 주었습니다

그런데 첫사랑 고 계집애는
지금 어떻게 살고 있을까요
오늘 뭉게구름을 바라보다가
문득 그 옛 시절이 떠올라
빙그레 혼자 웃었습니다

아무튼 제가 이만큼이나마 살고 있는 것도
알고 보면 저 뭉게구름에게서 배운
삶의 지혜 덕분이라고 하면
아내는 어떤 반응 보일까요

참, 북한에서는
뭉게구름을 더미구름이라 한다는데
혹시 알고 계셨는지요

타락죽을 먹다

웬일인지 일찍 일어난 아내가
옛날 나라님들이 자릿조반으로 드셨다는 타락죽을
아침식사로 내놓았다
우유를 뜻하는 돌궐어, 토라크에서 유래했다는
자상한 설명까지 곁들여 준 아내의 사랑에
나는 적이 미안할 수밖에 없었다

요즘 들어 부쩍 몸이 허한 게
새삼 늙어가고 있음을
간밤에도 절감했던 바
구름을 보고 계절을 짐작하듯
재빠르게 이를 간파한 속 깊은 아내가
황공하옵게도 군왕의 보양식을
이 힘없는 백성에게 내려준 것이라고
지레 판단했기 때문이었다

그런데 이게 웬걸,
내가 서둘러 식사를 끝내자
아내는 기다리고나 있었다는 듯
잘 마른 육포 같은 표정으로
이렇게 말하는 것이었다
"냉동실에 있던 밥,
이제야 다 해치웠네!"

백로

가만 생각해 보니
올여름에도 초계탕醋鷄湯 한 그릇 먹지 못했습니다
태풍이 지나간 후
부쩍 높아진 저 하늘만큼이나 확실한
가을의 증거는 없겠지만
이 외로움이 아니었다면
창궁蒼穹을 올려다볼 여유조차
그리 많지는 않았을 것입니다

당신의 사랑은
황산모봉黃山毛峰*의 맑고 깊은 풍미처럼
늘 한결같았습니다
부디 내년 여름에는
당신이 해 주시는 초계탕을
맛있게 먹을 수 있었으면 좋겠습니다
고향을 오랫동안 떠나 있어도
좀처럼 식성이 바뀌지 않는 것은
추억의 대부분이
어릴 적 즐겨 먹던 음식으로
결정되기 때문인지도 모르겠습니다

이제 곧 강남으로 떠날 제비를 대신하여
기러기는 북국에서 돌아올 것이며
뭇 새들은 일제히 먹이를 저장하게 될 것입니다

특히 포도가 맛있어지는 절기라는 오늘,
당신이 평생토록 베풀어 주신 포도지정葡萄之情*을
잠시라도 잊고 지낸 건 아닌지
살뜰히 돌아보아야 하겠습니다
이렇게 때를 알아 스스로 움직이는 것,
저도 얼른 가을을 준비해야 하겠습니다

* 황산모봉 : 중국 안휘성 황산에서 생산되는 고산 녹차
* 포도지정 : 어머니가 어린 자식에게 포도를 먹일 때 껍질과 씨를 가려내 먹여주던 정

부석사에서

무량수전 처마 끝에 매달려
온종일 하늘을 유영하는 물고기를 보았습니다
댕그랑댕그랑, 풍경이 울 때마다
가을은 그만큼씩 서둘러 깊어졌지만
저 아득한 부처님 나라에는
과연 언제쯤에나 다다를 수 있을는지요
오늘도 제 마음은
무던히 허공을 떠다녔습니다

밤이 되어도 눈감지 않는 어안을 지녀야
실로 좋은 시를 쓸 수 있다지만
정작 제게 필요했던 것은
저를 향한 따스한 눈길이었습니다
게다가 저는 이 목어처럼
두 눈 부릅뜨고 평생을 용맹 정진한다 해도
결코 얻을 수 없을 깨달음 같은 것이
시에도 숨어 있을지 모른다는 기대감을
여태껏 버리지 못하고 있었습니다

행여 세상살이가
안양루에서 바라보는 저녁노을 한 접시 같기만 했다면야
어찌 집채만 한 바윗돌이 공중에 떴을까마는
예불 시간을 알리는 법고 소리가
산사에 가득하고 보니

이곳이 바로 영락없는 극락이었습니다

절에서 내려오는 길,
미처 거두지 못한 과수원의 사과들이
어둠 속에서 빨갛게 빛나고 있었습니다
어쩌면 시를 쓴다는 것도
저렇게 홀로 빛나는 열매 같은 것을
남 몰래 찾아내는 것인지 모르겠습니다

ㅅ을 말하다 외 9편

양승준

ㅅ에선 향긋한 사람 냄새가 난다
두 사람이 서로의 어깨를 걸고
나란히 서 있는 모습이
ㅅ을 닮았기 때문이다 누군가에게
자신의 어깨를 빌려준다는 것은
그의 상처를 보듬겠다는 것, 이를테면
사랑이 그런 것임을
ㅅ이 제 몸으로 실연하는 것이다 다시 말해
남에게 상처를 건넨다는 것은
제 생을 온전히 그에게 맡기는 것임을
ㅅ이 그 생김새로 증명하는 것이다
삶이란 이렇듯
누군가와 슬픔을 함께 나누는 것임을
ㅅ이 온몸으로 보여주는 것이다

오라버니 전 상서

— 월명사(月明師)의 제망매가(祭亡妹歌)에 답하여

오라버니, 울지 마세요
머나먼 저승길
떠나는 제 가슴에도
밤새 가을비가 내렸어요
오라버니 사문(沙門)들기 전
함께 걷던 노란 달맞이꽃 흐드러진
흥륜사(興輪寺) 돌담길이나
그윽한 옥적(玉笛)소리 들려주시던
월명리(月明里)의 깊은 밤안개도,
금오산 산자락
아름다이 걸리던 금빛 노을까지도
이젠 다 헛된 꿈일 뿐이에요

토함산 위, 덩그러니 솟아 오른
보름달을 바라보며
지난 한가윗날
길쌈 매던 즐거운 얼굴들과
알천 숲 푸른 달빛 아래서
억센 손아귀로 안아 주시던 제 사랑도
이승과의 거리만큼 잊혀져 가겠지요

그래요, 오라버니
슬허 말아요
태어나고 죽는 모든 인간사가

부처님의 깊은 뜻이라면
찰하리 이 나라 서라벌
설운 백성들 아픈 가슴마다
산화가散花歌 같은 영험한 노래를 안겨 주세요

해마다 고운 연봉초蓮蓬草 피어나는 안압지,
그 맑은 물결 따라
실버들 떠가는 밤이면
낭산狼山 기슭까지 내려와 우는 이리떼처럼
주린 배로 미륵하생彌勒下生을 꿈꾸는
숱한 유민들의 서러움을 들어보세요

오라버니,
누르는 자와 눌리는 자
가진 자와 헐벗은 자
배운 자와 못 배운 자
모두 한데 모여 둥덩실
춤판을 벌이는 도솔천兜率天에서
생자필멸生者必滅 회자정리會者定離
그리움 그득 안고 다시 만나요

연화등蓮花燈 밝혀 들고
산화공덕散花功德 기리는 연등회쯤이나
백팔번뇌 목에 걸고

밤 새워 탑을 도는 초파일은 아니더라도

칠백 리 흙먼지 날리는 남도길

어느 작은 마을에서라도

저를 위한 진혼가鎭魂歌 한 자락

그렇게 불러 주실 때면

저는 형산강 돌아가는 비파골

투명한 여울물로

조용히 흐르고 있을 거에요

우리네 삶은 결코

오색만장五色輓章으로 끝나는

유채색은 아니잖아요, 오라버니

* 제망매가 : 신라 경덕왕 때 월명사가 요절한 누이동생의 49제에서 쓴 10구체 향가
* 흥륜사 : 미륵사상에 의해 건립된 신라 최초의 절
* 산화가 : 미륵사상으로 지은 월명사의 4구체 향가. 일명「도솔가」
* 연봉초 : '수련'의 옛 이름

하지

— 〈미스타페오〉*에서

어느덧 어둠이 오고 있었네
꽁지가 노란 새들이
봄날 내내 와 놀던
뒤란 측백나무 숲에선
머리채 긴 바람들이
이따금 가지 끝에 머물곤 했지만
장마전선이 북상하고 있다는
기상특보와는 달리
비는 한 방울도 내리지 않았네
오늘은 일 년 중 낮이 가장 길다는 하지,
그 긴긴 낮 시간처럼 나는
기일게 누마루에 누워
은자들이 남긴 절연시편(絶緣詩篇)을 읽었네
그들이 세상을 버렸든
세상이 그들을 버렸든
그들이 정작 말하고 싶었던 것은
세상을 향한 끝없는 욕망,
결국 욕망을 덜어내기 위한 글쓰기였네
어둠이 쌓이기 시작한 이곳 오미나루,
물안개 속을 천천히 떠가며 그물을 내리는
고기잡이 풍경 위로 반짝,
초저녁별 하나 눈부시게 개어나고 있었네
내일 아침엔 텃밭에 나가
주먹만큼씩 자라났을 감자나 몇 알 캐야겠네

* 미스타페오 : 춘천시 서면 신매리 소재의 커피 전문점으로 이곳에서 3년간 기거한 바 있다.

그날 밤

그날 밤, 한 유명 작가는
별들의 고향을 찾아
먼 길을 떠나갔지만
나는 그날 밤
무려 석 달 열흘 만에
아내와 짧은 섹스를 나누었네
한 생이 마지막 숨을 내려놓는 장엄한 순간
한 생은 지상의 열락 하나를
그렇게 누리고 있었다니!

한 생이 다른 한 생과 손을 맞잡아
비로소 어둠이 완성되었네

고비

누가 날 안아 주었으면 좋겠다
그런 생각으로
겨울 한 철을 보낸 적이 있었다
홀로 추위를 견디는
백목련의 꽃눈 같은 심정이랄까
사막에서의 일상도 이러할 것이다
매 순간 순간이 고비이듯

아직 내게 혀가 있다는 게
이렇게 거추장스러운지 이제야 알았다
사막에서는 오늘도
한바탕 모래폭풍이 지나갔으리
머지않아 내 방은
혀의 무덤들로 가득 찰 것이다

칸나

옴므라는 말은 너무 섹시해
날 옴짝달싹 못하게 하지
탄자니아 전통 그림
팅가팅가* 속의 킬리만자로 표범처럼
내 얼굴은 발갛게 달아오르지
내 이상형은 순정 마초,
아직 다듬어지진 않았지만
터프한 만큼 또는 까칠한 만큼
사랑을 아는 진정한 사내,
입술을 살짝 오므려
들숨을 입안에 잠시 가두었다가
가볍게 터뜨리며
신음하듯 밖으로 내뱉는 발음,
옴므를 말할 때면
내 몸은 짜릿해지지
밤마다 나는 붉은 혀를
하늘 끝으로 밀어 올려
어둠 속의 잠든 사내들을
하나씩 흔들어 깨우지

* 팅가팅가(Tingatinga) : 아프리카인들의 삶과 가치관 등 다양한 소재를 어린아이의 동화 같은 그림으로 그린 화풍.
'에드워드 사이드 팅가팅가'(1932~1972)로부터 시작되어 그렇게 부르게 되었다고 한다.

시에 대하여

이제껏 내가 시를 손에서 놓지 못하는 것은
시가 그만큼 아름다워서가 아니라,
내 노후마저 바칠 만큼의
특별한 가치가 있어서가 아니라,
나 혼자 놀기에 그만한 것도 없을 것이라
믿고 있기 때문이다
돌아보면, 시는 내게
어린 시절의 수음 같은 것
슬픔이 힐끗, 나를 지날 때나
추미근推眉筋* 끌어올려
또다시 이마에 주름을 채울 때면
일렁이는 마음의 한편
구석진 자리 찾아 들어가
조용히 시를 꺼내놓고
세상에 있을 법한
모든 눈부신 것들을 하나씩 떠올리며
천천히 손을 움직이는 것이었다

* 추미근 : 눈썹 근육으로 미간 사이에 내 천(川)자 주름을 만든다.

한 여자

새의 눈을 갖고 싶어 했던
여자가 있었다
멀리 보고 싶은 게 무엇이었는지
끝내 말해 주진 않았지만
난 아직까지도 그게
우리의 남루한 미래였으리라
확신하고 있다 아니
그렇게 믿고 싶었던 것은
밤이면 달빛 동아줄을 타고
하늘 높이 오르려 했던
그녀의 간절한 눈빛을
오랫동안 보아왔기 때문이었다

그러나 난 그녀가
마다가스카르의 바오밥나무만큼
유별나다고 생각한 적은
단 한 번도 없었다
다만 그녀는 사막처럼 외로웠고
나는 벌레의 시야를
좀체 버리지 못했을 뿐이었다
결국 이 비좁은 지상에다
연근같이 튼튼한 생의 뿌리를
내리지 못한 그녀가
선택할 수 있었던 것은

하루속히 나를 벗어나는 일

지금 그녀는 어디서
새처럼 동그랗게 눈을 뜨고
이승의 끝을 향해 가고 있을까
혹시나 저 낮달처럼
오늘도 온종일 허공에 매달려
내 조악한 삶의
조감도 한 장 그리고 있지는 않을까

홀쭉한 배낭*

체 게바라가 살해되었을 때
그의 홀쭉한 배낭 속엔
색연필로 덧칠이 된 지도 한 장과
두 권의 비망록, 그리고
녹색 노트 한 권이 있었다지

그 낡은 노트에는
파블로 네루다를 포함한
네 명의 중남미 유명 시인들의
69편의 시가 필사되어 있었다는데

혁명가와 시, 또는
시인과 혁명
좀처럼 어울릴 것 같지 않은 이 조합이
겨울과 밤안개라는 조합만큼이나
그럴싸하게 느껴지는 오늘
문득 나도 세상을 바꾸고 싶다
세상의 모든 혁명가들처럼
시를 무기로
열망을 무기로

그러나 내 시는
과도로도 사용할 수 없을 만큼
무디고 무뎌

어떤 가슴도 벨 수 없음을
나는 안다

꿈과 현실이 마구 뒤섞여
끝없이 초라해지는 밤,
행여 뒤를 밟힌 용의자라도 된 듯
쉽게 잠이 오질 않아
발코니까지 밀려온 안개에
잠시 눈을 돌리는데
아내가 불쑥, 내 방으로 들어와
한 마디 던지고 간다
맥주 한 잔, 어때?

* 『홀쭉한 배낭』: 체 게바라(1928~1967)가 살해되었을 때 그의 배낭 속에서 발견된 노트에
  필사되어 있던 69편의 시를 분석한 울산대학교 구광렬 교수의 책(2009, 실천문학사)

묘비명

글쓰기가 신을 찾아가는 기도의 하나라니,
삶이 얼마나 치열했으면
그에게 이런 묘비명을 지어주었을까
〈내면을 사랑한 이 사람에게 고뇌는 일상이었고
글쓰기는 구원을 향한 간절한 기도의 형식이었다〉
프란츠 카프카의 묘비명이다

글쓰기가 얼마나 장쾌했으면
노란 도트 무늬의 원피스만큼이나 돋보이는 아이러니로
자신의 무덤을 장식했을까
〈우물쭈물 하다가 내 이럴 줄 알았다〉
버나드 쇼의 묘비명이다

〈수제비를 시보다도 사랑하였다〉
이건 미래의 내 묘비명이다
그 미래가 최대한 늦게 왔으면 하고 소망하지만
수정될 가능성은 얼마든지 있다
묘비명이 바뀔 수 있다는 게 아니라
무덤 없는 묘비란 있을 수 없을 터

지난 설날
서울서 내려온 아이들에게
아버지 죽으면
무덤도 만들지 말고

제사도 지내지 말라고
미리 전하는 이별의 말처럼
진중하게 말한 바 있다

서른 전후의 두 남매는 얼핏
민무늬토기 같은 표정으로
서로를 쳐다보았으나
아무도 대화를 이어가진 않았다
막막한 시간의 무게를
더 이상 견딜 수 없어
나는 슬쩍 방으로 들어갔지만
아마도 그들에게는
차마 생각하기도 싫은
아버지의 죽음이었으리라

그런데 아내가 수제비를 자주 해 주냐고?
내가 정작 묘비명으로 남기고 싶은 말은
내가 수제비를 맹렬히 사랑한다기보다
수제비만큼도 시를 사랑하지 않는다는 것

그렇다면 혹시나 해서 여쭙는 말씀인데
자식들이 제사를 꼭 모시겠다고 하면
덩그러니 수제비 한 그릇만
제사상에 올려도 괜찮으실지?

슬픔 또는 깨달음의 과정

양 승 준

한 그릇의 밥이 나를
보리로 이끌 것이라 믿었던
어리석은 때가 있었다
오늘 아침,
이 한 알의 약물이 나를
보리로 이끌 것이라는
새로운 믿음으로
슬픈 공양을 받아들인다
아, 내가 나를
추스르지 못하는 것은
얼마나 역겨운 일인가

　　　　　　　　　—「미카르디스 플러스 정(錠)」전문

'미카르디스 플러스 정'은 내가 복용하고 있는 혈압약 이름이다. 그런데 이

약을'죽을 때까지'먹어야 한다는 사실이 늘 나를 우울하게 한다. 그렇게'서글픈' 삶을 산 지 어느덧 이십 년이 가까워진다. 그 긴 세월 동안 매일 아침 같은 시간이면 약속인 듯 약물을 공양하고 있으니, 지금쯤 내 몸은 이 약을 제 일부인 듯 생각하고 있을지도 모르겠다. (그뿐이면 얼마나 좋으랴? 이젠 당뇨약에 고지혈약까지 먹고 있으니 ㅠㅠ.) 그러다 보니 약을 제때 먹지 않으면 몸이 나를 허방에 빠트리기 일쑤이다. 제 것이 아닌 것이 시간의 힘을 빌려 마치 제 것인 양 몸의 주인 행세를 하는 우스운 꼴이라니! 내가 내 의지대로 내 몸을 추스르는 게 아니라, 오히려 약물에 철저히 길들여져 있다는 것을 생각하면 실로 비참해지기까지 한다.

나의 선친은 극작가 고동율(高東栗)[필명, 1965년 경향신문 신춘문예 희곡 가작, 1966년 경향신문 신춘문예 희곡 당선]로, 1972년 43세에 세상을 떠났다. 아버지의 죽음은 자연스레 우리 3형제를 공부보다는 존재 문제에 관심 갖게 하였으며, 당시 고1이었던 나를 교내 유명 문학 소년으로 활동하고 있던 친구들의 뒤꽁무니를 좇게 만들었다. 그 후 우리 3형제는 모두 국문학을 전공하게 되었으며, 형은 현재 속초여중학교 교장으로, 동생은 서울대학교 국어국문학과 교수로 재직하고 있다. 내가 그렇게 열심히 좇던 친구들은 바로 계간지 『예술가』의 주간이며 추계예술대 교수로 재직 중인 박찬일 시인과 반년간지 『이상』의 주간인 이낙봉 시인이다. 물론 아버지께서 못다 이룬 문학에 대한 꿈을 감히 내가 잇겠다는 헛된 욕심 또한 도외시할 수 없었다.

이러다 보니 내 젊음은 가난과 외로움에서 온종일 허우적거렸으며, 내 시는 이러한 삶을 벗어날 수 없었다. 가난하고 외롭지 않은 시인이 있을까마는 나도 가난이 싫어서, 가난을 대물림해준 세상이 싫어서, 그리고 낭떠러지 같은 세상에 나 혼자 내동댕이쳐진 것 같은 외로움이 싫어서 시를 썼다. 그러나 아버지가 물려준 문학이라는 유산은 온전히 내 것이 되기는커녕 자꾸 빗나가기만 하였다. 그럴수록 내 어리석음과 재주 없음을 탄식하는 시간들이 많아졌으며, 무엇을 위해 내가 시를 쓰는 것인지, 과연 목숨을 걸고 시와 한판 승부를 겨뤄볼 만한 가치가 있는 건지 점점 오리무중이 되어 가기만 했다. 숱한 좌절과 회의 속에서도 내가 40년이 넘도록 시를 버리지 못한 것은 무엇 때문이었을까.

'보리(菩提)'는 산스크리트어로 수행자가 최종적으로 도달할 수 있는 '깨달음' 또는 '앎의 경지'를 의미한다. 부처님께 정성껏 재물을 공양하는 선남선녀들처럼 아침마다 내 몸에게 내가 바치는 약물 한 알의 숭고함! 늙고 병든 내 몸을 내 의지대로 통제함으로써 언젠가 '보리'가 되어 '도솔천'에 도달할 수 있기를 꿈꾸어 보지만, 세월이 흐를수록 '내가 나를 추스르지 못하는' 일은 점점 더 허다해질 것이고, 그에 따라 내 자신에 대한 모멸감 역시 늘어날 것을 생각하면 그건 분명 내가 견딜 수 없는 '역겨운 일'이 되고 말 것이다.

결국은 욕망이 문제이다. 인간 문명을 발전시키는 동력도 욕망이고, 인간 세상을 타락시키는 원인도 욕망이다. 삶이 있기에 욕망도 있고, 욕망이 있기에 삶도 존재한다. 욕망은 모든 생성의 원천이다. '보리'가 되고 싶은 것도, '욕망을 덜어내기 위한 글쓰기'도, '텃밭에 나가 / 주먹만큼씩 자라났을 감자나 몇 알 캐'(「하지」)는 것도, 시집을 간행하는 것도 결국은 욕망이다. 결코 욕망을 버릴 수 없다는 존재의 숙명적 한계를 알면서도 이렇게 시를 놓지 못하는 이 무량한 슬픔을 나는 어찌 해야 하는가.

제 2 부

물가에서 | 박민수

물가에 앉아
잠시 몸을 쉬노라니
물 속 그림자 드리운 들꽃 하나
짓궂게 제 몸 흔들며 나에게 농을 걸어오네.
내 그림자 물속에 섞여 들꽃과 구별 없으니
그 농 받아 나도 몸을 흔드네.
물은 조용하여도
물 속 나라 그림자들끼리 한데 어울려 떠들썩하니
한참 동안 내가 나를 잊은 것을 내가 모르네.
허허 이런 요지경 세상이 있는 것을
사람들이 모르네.

물이 내게 그런다 | 윤용선

살면서 밍밍한 것이 더 오래고
질기다가는 걸 겪어서 알기는 아느냐고,
어느 무색, 무취, 무미한 날
이 권태로운 초록빛 지구 말고
아무도 모르는 별에 홀로 버려져
늑대처럼 황량하게 울어는 봤느냐고,
물이 대놓고 들이댄다.
눈 닿는 곳마다 무심하게 서 있는
그렇고 그런 들풀에게도
저마다 사연과 뜨거운 숨결이 있을 텐데
하나하나에 귀 기울이며 보듬어는 주었느냐고,
사뭇 다그치기도 한다.
어쩌면 너무 흔해 빠져서
정작 소중하고 간절한 의미는 깜빡하다가
꼭 어려움에 처하고 나서야
괜한 탓이나 하고 있는 건 아니냐고,
부드럽고 은근할 것만 같던 물이 그런다.
먼저 헹궈서 간수할 것이 마음이라고

한강수야 | 최돈선

서해바다 이무기 한 마리
용이 되려
태백산 금대봉에 올라
터 잡은 지 얼마인가
그곳이 바로 검룡소로구나
한강의 시원이요 겨레의 젖줄인
이 차고 맑은 물 골지천으로 흘러
아우라지에 닿아 송천과 합수하니
정선 여량의 남한강이더라

흘러간다
흘러 흘러, 흘러서 간다
샛강들아 다 모여라
우루루루 다 함께 모여
흘러 흘러, 흘러서 간다

이 나라 한반도를 끼고 돌아
영월 단양 원주에 이르니
드넓은 들판이 펼쳐지는데
이 물길 비옥한 앞뜰 뒤뜰 흠뻑 적셔주고
이 물길 고을 사람들 마른 목
촉촉이 축여주고
이 물길 죽어 고혼 된 옛 사람들
어깨 자욱한 먼지 씻어주고

어느 새 기슭에 쑥쑥 자란 나무들
뿌리로 빨아올린 수액으로
초록 이파리와 꽃을 피우니
여기가 이 겨레의 큰 맥이로구나

흘러간다
흘러 흘러, 흘러서 간다
샛강들아 다 모여라
우루루루 다 함께 모여
흘러 흘러, 흘러서 간다

강원도 경계선 넘으니 경기도 여주 지나고
탁 트인 양평 두물머리에 닿아
수천만 년 흘러내리는 북한강과 어울리니
여기가 두물머리 아니던가
그렇구나 두물머리로구나
이 나라 수도 서울이 바로 코앞이구나

남북이 한데 어울려
아리랑 아리랑 아라리요
한바탕 큰물로 노는구나
한바탕 신명나게 북치고 노는구나
드디어 한강의 기적을 이루어
세계만방에 고하노니

서울 서울 서울은 겨레의 꽃이 되고
온 누리 평화를 이루게 되니

태백산 모태에서 발원한 검룡소
서해바다 강화도까지
마음결 다해 소망한 흐름이
모두 다 이루어지는구나
얼싸안고 모두 다 춤추는구나

한강 한강 그 줄기 따라
흘러 흘러, 흘러가니
이 어찌 어깨춤 들썩이지 않으리
우리 강산 지화자로세
우리 마음 청산이로세
우리 역사 대한민국
세세만년 유구함이로세

— 이 시는 2016년 3월 5일 한강 원류 중 하나인 태백산 검룡소에서 한강수야 출발을 알리는 행사를
   가졌다. 최돈선의 사설조를 배일동이 창했다. 2019년 2월 마지막 종점 강화군 철산리까지 3년의
   긴 여정이 시작되었다.

물노래 | 임동윤

너와 내가 수줍게 만나서
맑은 정신으로 흘러내릴 수 있다면
흐르다가 또 다른 너를 만날 수 있으리
흐르다가 더욱 맑아질 수 있다면
더러운 강바닥에 가 닿아도 좋으리

작은 것이 만나서 조금은 큰 힘이 되고
그리하여 마른 풀 한포기
눈먼 꽃 한 송이
온전히 피워낼 수 있다면
흐르다가 흐르다가
바닥으로 스며도 좋으리

너와 내가
눈 맑은 정신으로 만나서
온전히 바다에 가 닿을 수만 있다면

물찻오름 | 박기동

걸었다. 그냥 걸었다. 제주에서 그냥 걸었다. 사려니 숲길, 입구로부터 2km 지점에는 '물찻오름'이 있다.

저물녘에는 제주 사는 유철인 교수를 만나, 어랭이 회가 유명한 '앞돈지집'에 들었다. 유 교수와 통하고자, 끊었던 담배를 다시 물었다. 유 교수는 사회학과, 철학과 등에서 건너낸 문화인류학자이다. 가게 밖에 나가 피우고 들어오는 것을 무릅쓰고 이따금 나가서 뻐끔대곤 하였다.

꽃밭엔 물을 어떻게 주나? | 이화주

할머니 막내 딸
16년 함께 산 고양이 '푸름이'
하늘나라 보내며
할머니 울고 또 우네.

"하늘나라 가서 잘 살 거야."

이모도, 엄마도
우리 할머니 눈물 멈추게 하지 못하더니

"샘물 다 퍼내면
 가슴 속 꽃밭엔 물을 어떻게 주나?"

내 말 한 마디에
할머니 눈물 멈춰다
할머니가 웃었다.

괘석리 연애바위에서 | 허 림

너벙바위 정류장 의자에 표범나비가 잠시 쉬었다 다시 나풀거린다

길들이 물길을 닮아 구비친다

햇살이 물푸레나무잎사귀에서 머뭇거린다
그늘 아래 물소리 연애바위를 더듬는다

꽃 찾는 법을 배운 적 없는 벌들이 꽃에서 뒹군다
만화방창 꽃이 지천이다
피고 지고
지고 피고

봄 문이 열린다

곤드레 어수리 누리대 두릅 오갈피 엄나무두릅 미나리싹 잔대싹 취나물
삽추싹 더덕 같은 푸른 비린내 흘러가는 연애바위에 앉아

봄 빗장 열리는 물소리 듣는다

마중물 되기 | 허문영

생의 지렛대 같은
녹슨 손잡이를 감싸 쥐고
뼛속 깊이 슬픔을 우려낸다

내가 융숭 깊은 물이 되면
샘물처럼 기쁨이 솟아나서
마음의 옥답으로 흐를지니

눈물의 발꿈치를
들썩거리는
그리움의 펌프질 끝에
올라오는 물

어제의 눈물은 매웠고
오늘의 눈물은 짜더라도
내일의 눈물은 달디 달 거라는
희망의 속삭임

내가 너를 마중 나갔더니
네가 먼저 마중 나와 있다.

파리의 물방울 | 황미라

샤워커튼 탕 안에 집어넣어도 밖으로 조금씩 새어나오는 물이 있다
　욕실 바닥에 구멍하나 내면 그만일 것 같은데, 뽀송뽀송한 바닥 예쁜 매트에
갇힌, 흐를 데 없는 파리의 물방울들 보면 숨이 막힌다

　하기야, 출구가 있다고 다 흘러가는 것은 아니다 내 안으로 역행한 오래된
물방울이 뼈마디를 타고 여직 나를 적신다
　그렁그렁 눈물이 된다
　무엇이 방울져 나를 관통하는 걸까
　탕 안의 수증기처럼 내 안에 피어올라 가슴 안팎에 맺힌,

　욕실 바닥을 닦으며 생각한다 순순히 놓아주지 못한 물방울을, 흐르지 못한
날들을,

곡우 | 양승준

절기에 맞춰
새벽 무렵 한 접시 비가 내렸다
연두색 봄빛을 온몸에 두른 풀꽃들이
어찌나 예뻐 보이던지
올 한해 내게도
무덕무덕
시 풍년이 들 것 같았다

아침엔 경칩 때 먹지 못한 고로쇠 물 대신
자작나무 수액인 거자수를 마셨고
저녁엔 짭조름한 굴비 살코기를 발라
당신과 함께 맛있게 먹었다
이렇게 세월 하나가
또 지나갔다

가문비나무 | 한승태

지난 며칠은
몸의 가뭄을
열망의 헛헛함을
각인시켜주었다 카지노에서
흘러나오는 태백 고한 정선 진부
강바닥에 드러난 돌에는 백화(百花)가 만발하고
돌이킬 수 없는 고생대 석탄기의
후회와 회한들

화석이 되지 못한 몸이 썩고 있었다
나무들은 축축 늘어져 손길을 내저었다

세상에 재림하기 싫은 물방울은
천천히 내 몸을 빠져나가
눈물 눈물 활활 타올랐다

수문水門 | 김순실

삼 년 만에 소양강댐 수문이 열렸다
폭우로 제한 수위를 넘긴 물
갈갈이 찢기며
아득한 무량無量으로 내리꽂힌다
거대한 물보라
펄떡거리는 물결
아래로 아래로 쏟아진다

며칠 동안 쏟아내고
수위 조절된 황토색 물낯의 고요

내 안의 넘치는 슬픔들
수위 조절이 필요하다

수문을 열고
물의 절벽에 그대의 한 생애를 던지라고
거친 숨결이 소용돌이친다

수맥지도 | 정주연

사막의 카라반으로
수맥을 찾아 길 떠나는 갈색 낙타 한 마리

강인하고 날씬한 종아리에
숱 많고 긴 속눈썹 동그랗고 순한 눈매가
신방에 든 신부처럼 수줍은 얼굴이다
조그만 동산처럼 봉긋한 쌍봉이 산 능선을 닮은 낙타의 어떤 아침

그녀는 어찌하여
그 먼 죽음의 땅, 흙먼지 모래 바람 속으로 수맥을 찾아 떠나야 하는 걸까
무자비한 폭염 속에서
죽음인지 삶인지 알 수 없는 마지막 환영 속에서
차가운 별빛아래
지하 어느 곳에서 흐르는 물줄기
어쩜 낙타의 갈증은 물이 아닌지도
무엇이 낙타를 사막으로 부르는 것일까

졸졸 흐르는 봄 개울물에 발을 담그며
내게도 쌍봉낙타처럼 절박한 사막속의 수맥지도 한 장
잊혀 져 있음을 기억 한다
누구나 비밀한 눈물 한 줄기 문을 열어 보면
속 깊이 간직한 물의 지도 그 찬란했던 목마름의 여정이 보인다

내가 마셔야 할 궁극의 생수 한 잔은
그렇게 먼 사막 속에 있었다고 바람에게 말해 본다

소양강에 나를 묻다 | 조성림

사실 강은
나의 모든 생애를 관통했고
나의 꽃이었다

안개 꽃이거나
물의 꽃

나의 감성과 생활 깊숙한 곳까지
따라와서는 늘 푸르게 채색하였으니

강기슭에서 찰싹거리던 입술들,
가슴에 밤새 떠있던 물새들,
연인의 달빛이
잔물결로 반짝거리며 세월을 건너갔다

그리하여 쓰라림과 환상이 파도치며 멀리
나를 지나 또 다른 한 생을 펼치었다

'믈', '물' | 김남극

'믈'이 '물'로 변한 건
임진왜란 이후의 일이고
'원순모음화' 법칙이 적용된 거라고
국어사(國語史)수업을 하다가

생각해보니 임진왜란 후 우리는
늘 치욕만 있었고
지금도 치욕뿐이고
법칙이란 게 제대로 적용된 적이 없으니

'믈'이 '물'로 변한 이유를 명징하게 말할 수 있듯
사랑과 불화의 까닭을 다 설명할 수 있을 때가
올 때까지

'믈'을 '믈'로 말하고 읽고
또 쓰고 해야 할 일이다

물에게 미안하다 ─ 세월 호 그 후 │ 한기옥

그 해 사월
배를 타고 여행 떠난 사람들이 바다에서
돌아오지 못했다
죄 지은 이를 벌해야 한다고
나라 안이 들끓었으나
잘못했다고 머리 조아리는 이도
책임지겠다고 말하는 이도 별반 없이
이들 죽음이 공중부양 되는 듯 했을 때
물이 떠올랐다
그렇다고 물만한 죄인이 없다 말할 수도 없는 노릇이었다
물이 작정하고
벌인 짓이라면
물을, 물을, 물을
어떻게 해야 하나

수십억 살 고이 잠수신 데다
거꾸로 흐르는 일을 본 적 없는 물 어르신
저지른 일이란 게
청천벽력처럼 다가오는 것 이었다

물처럼 살지 못한 죄
물의 맘 흠집 내 아프고 화나게 한 죄
내 안에 차고 넘쳤으리라
급기야 물에게 칼을 쥐어 주고
엄한 사람들 목을 베게 하고

어쩌면 괴로워하게 만든 죄
숨겨진 우리들 죄
무엇으로 벌해야 하나

꽃물 가득했을 엄마 맘으로 이 별에 오던
처음 시절이
그에게 있었으리라

어쩐지 나는
물을 미워할 수 없었다
물에게 미안해 견딜 수가 없었다

제 3 부

표현시 동인작품

박민수

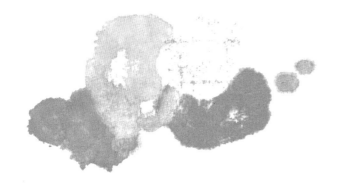

■ 박민수

- 춘천 출생. 문학박사(서울대학교)
- 춘천교육대학교 교수와 총장 역임
- 1975년 《월간문학》 신인상 등단
- 시집으로 〈강변설화〉〈낮은 곳에서〉〈잠자리를 타고〉
  〈시인, 시를 초월하다〉 등
- 산문집으로 〈시인, 진실사회를 꿈꾸다〉가 있음
- 논저 〈현대시의 사회 시학적 연구〉〈한국현대시의 리얼리즘과
  모더니즘〉〈하나님의 상상력〉 등
- 주소 : 춘천시 새청말길 26, 117동 802호(우두동 강변코아루)
- 연락처 : 010-5362-6105
- 전자주소 : minsu4643@naver.com
- 2011년부터 〈박민수뇌경영연구소〉 설립 운영

행복의 역설 외 4편

박민수

그대 어느 날 홀로
쓰라린 눈물을 흘려본 적이 있는가?
행복은 눈물과 함께 하는 것.
한 잔의 술을 마시고 어둔 밤
한 없이 방황하던 젊은 날의 기억
그 밤 내 눈물의 이유가 무엇이었는지 모르지만
문득 그것이 아득한 그리움 되어
봄 나비 작은 날갯소리처럼
오늘 밤 나풀나풀 내 가슴에
고요히 안기네.
내가 나를 포옹하는 이 순간의 따듯함
다시 눈물이 되어 흐르는
이 행복의
끝 모를 나부낌.

청춘

겨울 한낮 창가에 앉아 먼 산 흰 눈과
저 건너 얼어붙은 강줄기 바라보며
따듯한 차 한 잔을 마신다.
창밖엔 아직도 바람소리 거세지만
문득 봄이 오는 소리도 숨어 들린다.
긴 겨울 때를 기다리는 새 봄의 집념
그날이 오면 다시 꽃이 피고 새들의 지저귐이
내 귀에 출렁일 것이다.
그 출렁임 속에서 나도 꽃이 되고
새가 될 것이다.
아아, 나도 다시 청춘이 될 것이다.

청춘은 아름답다고 했다.
청춘은 봄날의 뜨거움이라고 했다.
그러나 이팔청춘 그 시절 나는 아름답지 못했다.
다만 욕정의 불꽃 속에서 갈 길 모르고
긴 밤 지새울 뿐이었다.
그 덧없던 시절 나는 그냥 산길을 헤매는
한 마리 늑대였다.
질풍노도, 미친바람이었고, 성난 파도였다.
꿈은 없었다.
허공을 향해 울부짖으며
헛된 밤을 길게 헤맬 뿐이었다.

그 시절 다 가고 굽이굽이 산 넘고 물 건너
어느 덧 나는 머리칼 희어지고
주름살 깊은 나이가 되었다.
겨울 창가에 앉아 흰 눈 덮인 먼 산,
저 건너 얼어붙은 강줄기 바라보며
문득 어인 일로 내 안에 새 봄의 열정이 뜨겁다.
욕정은 가라앉아 고요하지만
내 안엔 아직 스러지지 않는 푸른 꿈이 있다.
해마다 다시 오는 봄날 꽃피는 소리처럼
내 안엔 한 생애 아름다운 열매를 향한
그리움의 눈물이 있다.

이 조급하지 않은 그리움의 눈물,
이것이 진정 청춘이리라.

짐

무거운 짐 진 자들아 다 내게로 오라고
말씀하신 분이 있으시다
사람들의 고달픔을 아시기에
그 짐을 덜어주시겠다는 것이다.
돌이켜 보니 나도 빈손으로 태어나
오랜 세월 짊어진 짐이 너무 많고 무겁다.
어느 봄 날 또는 어느 가을 날
가벼운 옷차림으로 산책길을 걸을 때에도
짤랑짤랑 쇠 방울 소리를 내며
그 무거운 짐이
내 등을 떠밀듯 자꾸만 억누른다.
느닷없는 근심도 그렇고 욕심도 그렇다.
그리움도 그렇고 때로는 슬픔도 그렇다.
돈도 아니고 명예도 아니어도
어느 날 갑자기 찾아와
같이 살자, 같이 살자, 조르는 미운 사람처럼
저리 가라, 저리 가라
소리를 질러도
같이 살자, 같이 살자
그 목소리 더 커지며 떼를 쓰는 억지까지
내 등을 누르는 무거운 짐
오늘은 문득 그 무거운 짐을 진정
모두 버려야 할 것 같다.
마침 그 짐을 맡아 주실 분이 계시니

안녕하세요?
인사를 하고 내 무거운 짐 맡기고 가니
받아주세요, 하면서
생떼로 오랜 짐을 그 분에게 모두 맡겨야겠다.
한 생애 내가 지고 살아온 무거운 짐이니
긍휼의 눈빛 깊으신 그 분 싱긋이 웃으시며
그래 두고 가라, 두고 가라,
말씀주실 것 같아
오늘은 기어이 다른 곳으로 가지 않고
그 분 계신 작은 집을 찾아가야겠다.
내 무거운 짐 맡아 주서서
감사합니다, 감사합니다,
얼른 인사 남기고
봄날 나비 한 마리 그 작은 날개소리처럼
어느 가을날 나뭇가지 사이로 흐르는 새하얀 바람결처럼
둥실둥실 내 몸 홀로 집으로 와야겠다.
나는 자유다! 자유다! 외치며
모처럼 창밖의 저 푸른 하늘을
한참동안 텅 빈 충만으로 바라보아야겠다.
바라보고 또 바라보며 나비처럼 바람결처럼
둥실둥실 홀로 춤도 추어야겠다.
가벼운 몸 허공을 날아도 멈추지 말아야겠다.
나는 자유다! 나는 자유다!
짐 진 것 없으니 정말 나는 자유다!

한 잔의 커피

1950년, 6 · 25 전쟁이 발발하고 얼마가 지나
미국 군인들이 이상한 얼굴과 복장을 하고
자동차를 달리며 내가 사는 마을에 나타났다.
그들도 사람이라는 것은 알았지만
그들이 말하는 것은 물론
그들이 무엇을 생각하며 살아가는지
모든 것 그냥 의문이었다.
그들이 어느 날 지프차를 타고 마을길을 달리면서
동네 아이들에게 먹을거리를 던져 주었다.
그것이 초콜릿이라 불리는 과자였다.
그 후 아이들은
미국 군인들이 차를 타고 가는 것을 보기만 하면
어디서 알게 되었는지
"헬로 초콜릿!"을 외치며
경쟁하듯 차 뒤를 따라 달려갔다.
무릎을 다치기도 했지만 초콜릿은
너무나 맛있는 유혹이었다.
그 초콜릿과 함께
단 것이 아닌 쓴 맛의 먹을거리도 섞여 있었다.
나중에 알고 보니 그것이 커피였다.
아이들은 커피 액이 섞인 봉지를 뜯어
맛을 보다가 모두 놀라서 통째로 버리곤 했다.
그 쓰디쓴 배반의 기억!
이 겨울 아침 내가 바라보는

창밖 멀리에는 눈들이 쌓여 있고
창으로 스며오는 햇살은 따듯하다.
나는 의자에 등을 대고 창밖을 바라보며
한 잔의 커피를 마신다.
커피향이 내 입술과 목을 흐르며 조용히
기쁜 향내를 풍긴다.
생각해 보니 전쟁 후 어느 새
70년 가까운 세월이 흐른 이 아침,
그 쓰디썼던 커피 향 문득 평화롭다.
사실은 아직도 전쟁은 끝나지 않았지만
그래도 나에게 주어진 이 평화는
이 아침 나의 큰 배반이다.
이 배반을 누리며 나는 내일도 오늘처럼
창가에 앉아 이 한 잔의 커피를
또 마실 것이다.

책가방

— 손녀 혜서의 입학식 날에

손녀 혜서가 학교엘 간단다.
등에는 책가방을 메었다.
아마도 그것이 꿈일 것이다.
나도 어릴 적 학교엘 갔다.
6 · 25 전쟁이 나던 해,
혜서처럼 책가방을 메고 학교엘 갔다.
그것도 나에겐 꿈이었을 것이다.
그러나 전쟁이 나고 피난길에 올랐다.
책가방 속에 책은 없었다.
어머니가 넣어주신 쌀 한 되 무겁게 지고
일곱 살 어린 나이 어디로 가는지도 모르며
피난길에 올랐다.
꿈은 없었다.
그러나 어느 날 나는 다시 책가방을 메었다.
전쟁은 끝나고 산등성 작은 천막 속에서
꿈은 살아서 여린 눈을 떴다.
그 세월 오래 흘러 지금은 보이지 않고
책가방을 멘 손녀 혜서가 학교엘 간단다.
꿈이 가득한 혜서의 책가방,
그 꿈은 아름다울 것이다.
눈 속 가득한 하늘 푸른 빛깔처럼
구름 낀 날도 아름다울 것이고
어쩌다 마음 슬픈 날도 아름다울 것이다.
아무리 세상이 어지러울지라도

우리 혜서의 책가방 속엔
언제나 아름다운 꿈 가득하여
황금빛 꽃이 될 것이다.
전쟁도 폭력도 부정도 없는 세상에서
마음껏 외쳐 부르는 기쁨의 노랫소리가 될 것이다.
사랑이 될 것이다.
그것이 내 귀에까지 쩡쩡 울리도록 아름다워
여기저기 사람들 모두 바라보며 언제나
신나게 손뼉을 칠 것이다.
'혜서! 혜서!'를 외치며.

윤용선

■ **윤용선**

- 강원 춘천 출생
- 1973년 강원일보 신춘문예와 《심상》 등단
- 시집으로 〈가을 박물관에 갇히다〉 〈꼭 한 번은 겨자씨를 만나야 할 것 같다〉 등
- 산문집 〈조용한 그림〉 등이 있음
- 주소 : 춘천시 지석로 67, 101동 402호 (석사동, 현진에버빌)
- 연락처 : 010-4217-3079
- 현재 문화커뮤니티 《금토》 이사장
- 전자주소 : 4you1009@hanmail.net

조성림 외 4편

윤용선

속까지 훤히 내비치는
성근 옷을 걸치고도 덤덤하다.
그는 호수 건너, 산 너머 하늘까지
풍경이란 풍경은 다 가슴에 품고,
아무 말이 없다.
그의 앞에서는 가늘게 일던 바람도
묵언수행 중인지 요지부동이다.
그렇다고 바싹 긴장하거나
너무 겁먹지 않아도 되겠다.
일찍이 노자가 그러지 않던가
가장 훌륭한 덕은 물 같은 거라고
좀 과하다 싶으면 어느새 모자란 것이
세상 일 텐데
생각없이 꼬집고 비튼다고
모두 다 매끄러울 수 있겠는가?
마음에 어설프거나 미심쩍은 게 있다면
망설이지 말고 그와 딱 한잔 걸치며
밍밍하게 취해 볼 일이다.

한기옥

꿈은
아직도 환한 물빛으로 촉촉하고
귓볼을 간질이는 봄날 햇살처럼
부드럽고 따사로운데
어쩌자고 또
밤이면 밤마다 수줍은 달빛에
그리움을 헹구는지
때도 없이 옹알옹알 투정인지
하루 건너 호오하고 한숨을 내쉬는지
도무지 까닭을 모르겠다고
깊은 산 골짜기에 피어 있는
함박꽃이 혼자 웃는다.
어쩌면 몰래 혼자서 사랑을 품고
어쩔 줄 모르는 아이처럼
아뜩해 하는 건 아닌지
바람 잔 하늘에는
무심한 구름이 하얗게 떠 있다.
꿈처럼

허 림

서툴게 '노을강에서 재즈를 듣다'가
한동안 노을에 갇혀 질척거렸다.
재즈로는 어쩌지 못하는
어쩌면 또 다른 입맛 같은 거
그 때문이었을 것이다.
그렇게 밖으로 한참을 떠돌다가
괜한 한눈을 팔다가
다시 '어머이, 할머이' 품으로 돌아와
'울퉁불퉁한 말'을 울구고 있다.
핏줄이 그런 것처럼
꼭 산이면 산, 강이면 강으로 이어져야 하는지
아직도 분간이 어렵기는 하지만
마지막 그리움 하나까지 비우고
더 내려놓을 게 없는 빈 몸이 되었지만
깜깜한 하늘 바닥을 더듬고 있는
그의 영혼이
거기서 건져 올리고 있는 세월의 흔적이
아주 따뜻하고 포근하다.

※ ' '안은 그의 시집과 시에서 따왔다.

허문영

약학은
약리를 다루는 엄정한 일인데
그의 방에 들어가면
정작 약은 보이지 않고,
사방 벽에는
시가 그림과 음악과 함께
나란히 걸려 있다.
조금씩 사유의 나이를 먹어가며
시는 그들과 경계를 허무는데
그것이 때로는
거친 벌판을 지나가는 눈보라로
아주 오랜 바다의 깊은 숨소리로
먹먹한 가슴을 적시기도 하고,
노을에 뜨는 종소리가 되어
세상 은은하게 물들이기도 한다.
그러니까 또 다른 세상 문을 열고 있는
그의 시는
어느새 치유의 약성에 닿아 있다.

황미라

누군들 지난 세월의 굽이마다
때 늦은 후회나 미련 같은 것들
묵은 때처럼 끼고 있지 않을까만
어떤 생은
금방 빨아 널은 빨래처럼
풋풋하고 깨끗하다.
더러는 저녁 바람에 눅눅하게 젖어서
오슬오슬 떨기도 했을 테고,
영 풀리지 않는 매듭에 치여서
마음에 상처를 깊이 묻기도 했을 게다.
그렇게 하나씩 나이를 더해가는
끔찍하고 엄정한 시간에 갇혀서
속절없이 종종거리기도 하다가
벌컥벌컥 허무도 켰을 텐데,
끝내 놓지 않은 꿈
오늘도
한 바늘, 한 바늘 뜨고 있는 것은
찔레꽃처럼 희고 맑은 외로움
그 뜨거운 불길 때문일 게다.

최돈선

| 수록작품 |

• 춘정
• 느티나무 아래
• 올챙이국시집
• 버짐
• 꿈

■ 최돈선

- 1969년 강원일보 신춘문예와 1970년 《월간문학》 등단
- 1971년 동아일보 신춘문예 동시 당선
- 시집으로 〈칠년의 기다림과 일곱 날의 생〉 〈허수아비 사랑〉
  〈물의 도시〉와 산문집 〈외톨박이〉와 서정시 모음집
  〈나는 사랑이란 말을 하지않았다〉 등
- 청선문화예술원 창작지원금 수혜
- 2013년 창작동화 〈바퀴를 찾아서〉 인형극으로 중국 순회공연
- 2013년 희곡 〈파리블루스〉를 소극장 여우에서 공연
- 주소 : 춘천시 후평동 세경4차아파트 409동 505호
- 연락처 : 010-2844-6126
- 전자주소 : mowol@naver.com

춘정 외 4편

최돈선

언제 봄날 사월의 해사한 날

먼 데 지리산 구상나무 꽃가루 날아와

상큼, 제 코를 간질였습니다

에취, 재채기 한 번에 그만 춘정이 나

산벚나무 아래에다 치마를 깔았습니다

어지러워 어지러워 전 불이 났습니다

그렇게 화르르 산화하는 꽃이었습니다

느티나무 아래

순이 할멈이 왔다. 철이영감이 와 평상에 앉았다. 순이 할멈이 갔다. 수내골 할아범이 지팡이 없이 왔다. 철이영감 그대로 있었다. 수내골 할아범 지팡이를 찾아들고 갔다. 세 명의 광주리 인 아낙네가 왔다. 막걸리 주전자, 나물안주, 사기잔을 놓고 갔다 박영감이 왔다. 누군가를 향하여 삿대질을 했다. 허공이 아무 말 없자 막걸리 한 사발 들이켜고 비척이며 갔다.

세 사람의 아낙이 돌아와 빈 주전자와 빈 나물반찬그릇과 사기잔을 수거하여 갔다. 나무그늘이 비스듬히 자리를 남쪽으로 옮기자 철이영감 그림자도 따라붙었다. 은밀히. 남쪽바람이 모를 건드리며 왔다. 덩달아 낯선 나그네가 와 잠시 앉았다 바람 데리고 갔다. 철이영감 그대로 있었다.

멀리 소 울음소리 도랑 따라 흘러왔고 물새 한 마리 여울 넘어 갔고 버드나무 바람에 쓸려 비질하듯 흔들려왔다. 해가 지고 해가 뜨고 해가 오고 해가 갔다. 여전히 철이영감 그대로 거기 있었고 순이할멈 수내골 할아범 세 명의 못밥 인 아낙네들 왔다 갔다.

철이영감 어깨를 옆으로 뉘고 팔베개하고 잠이 들었다. 슬그머니 혼만이 빠져나가 그도 모르는 길을 갔다. 길은 누구의 눈에도 띄지 않았다.

올챙이국시집

춘천 중앙시장 언덕 올챙이국시집
뙤창에 구름 걸린 집
소녀 적 종종걸음 언덕에 오르던 집
이젠 할미 다 되어 올라
올챙이 후룩이는 집
아들 먼저 보낸 뒤 한숨을 먹는 집
그집은 잘 지내우
머 그렇지요
사는 문답이 강 건너 싸리꽃
바람에 쓸리는 집
잘 먹었수 인사하고
언제 만날지 기약도 없는 집
종내 구름 떠가면 그 구름 따라
산 넘을 집
떠난 그 자리 웅덩이에
올챙이만 오글오글 남아
지난 전설 이야기하는 집
올챙이 국시집

버짐

아무것도 하고 싶지 않아 그냥 앉아있거나 누워있거나
이리저리 왔다갔다 서성입니다.
아무것도 하고 싶지 않아 빈집 울타리
노란 민들레만 바라봅니다.

아무것도 하고 싶지 않아
먼 산 연분홍 산벚나무 건너다봅니다.
사월은 그런 날입니다.
저절로 피어서 지고
아무것도 하고 싶지 않지만…….

옛날 옛적 못난 순이 계집애
그 이마에 핀
새하얀 버짐

그게 미치도록 보고 싶어 환장한 날입니다.

꿈

선생님 저 어제 선생님 꿈을 꾸었어요. 카드를 제게 주면서 돈을 찾아오라고…
그 돈를 찾기 위해 온 밤을 쏘다녔어요. 그러나 그냥 헤매어 다니기만 했을
뿐이에요. 선생님 설마 이 카드 정지 먹은 거 아니죠?

선생님 어제 선생님 꿈을 꾸었어요. 우린 아주 재밌게 깊은 산속 카페에서
놀고 있었죠. 그때 선생님이 온다는 전갈이 왔어요. 우린 기다렸어요. 그러나
선생님은 오지 않았어요. 설마 푸른 연기처럼 돌아가신 건 아니죠?

선생님 어제 선생님 꿈을 꾸었어요. 전 울고 있었죠. 녹색 개울이 흐르는
방둑이었어요. 선생님이 연기처럼 다가와 돼지저금통을 불쑥 내밀었어요.
저금통을 흔들어봤지요. 아무 소리도 들리지 않았어요. 동전 한 개 딸랑거리지
않았어요. 화가 난 전 돼지저금통을 박살내 버렸죠. 근데요. 거기 로또복권이
들어있지 뭐예요. 왼손으로 그걸 잡으려는 순간 복권은 나풀나풀 날아올랐어요.
결국 밤새 복권과 술래잡기 놀이를 했지요. 복권은 나비가 되어 영영 날아가
버렸어요.

선생님 설마 선생님 자신을 장주莊周로 생각하고 계시는 건 아니겠지요? 전
호접몽胡蝶夢은 싫어요. 다음에 오실 땐 확실한 숫자를 주세요. 제발 부탁이 에요.
기다릴게요.

임동윤

■임동윤

- 1968년 강원일보 신춘문예 등단
- 1992년 문화일보, 경인일보 신춘문예 시조 당선
- 1996년 한국일보 신춘문예 시 당선
- 시집으로 〈연어의 말〉 〈나무 아래서〉 〈아가리〉 〈함박나무 가지에 걸린 봄날〉 〈따뜻한 바깥〉 〈편자의 시간〉 〈사람이 그리운 날〉 〈고요한 나무 밑〉 등이 있음
- 수주문학상, 김만중문학상, 천강문학상 수상
- 현재, 시 전문지 《시와소금》 발행인 겸 주간
- 주소 : 강원도 춘천시 충혼길20번길 4, 1층
- 전화 : 010-5211-1195, (02)766-1195
- 전자주소 : ltomas21@hanmail.net

다만, 오늘 외 4편

임동윤

나뭇잎이 흔들리는 것을 본다
저렇게 흔들리지 말아야한다

파도가 출렁이는 것을 본다
저렇게 출렁이지 말아야한다

그런데,
나는 또 흔들리고 말았다

흔들리지 않으려고 해도
출렁거리지 않으려고 해도

사방에서 바람은 불어오고
다만 흔들리지
말자, 그러지 말자할 뿐이다

복령을 찾아서

그날, 비명횡사한 적송을 본다
연 이틀 쏟아진 폭설에
한 줌 뼛가루가 된 주검을 본다

밤새 눈은 내려서 그의 몸을 덮었을 것이다
그 어떤 사물도
그의 내력을 발설하지 못하도록
단단히 입을 막았을 것이다

마른 살들은 얼어붙고
캄캄한 뼈들은 문을 닫고
다만 살아있는 뿌리 끝을 흘러내리다가
마침내 멈춘 저 울혈(鬱血)

지금,
약재상가 귀퉁이 좌판에 누워있다
저 황망한 죽음이 내게로 와서
문득 머물 수 있다는 것을 생각한다

그리하여 내 둘레가 캄캄해지면서
폭설에 팔부능선이 파묻히면서

* 복령 : 수령 500여 년 된 소나무의 죽은 뿌리에서 기생하는 버섯.

겨울의 바깥

겨울의 바깥은 환하다
춥고 단단한 어둠의 껍질을 벗겨내면
야들야들하다 연둣빛 속살은

눈 내린 매화나무에 꽃이 피듯
산수유가지에 샛노란 꽃들이 일가를 이루듯
보잘것없는 것들도 환한 꽃을 피워 올린다

저 혹한도 견디고 나면 대수롭지 않다
그렇게 절망도 연둣빛 물결무늬로
우리 가슴에 콩알만큼씩 싹을 틔운다

마른 가지에서 새순이 돋는
자갈밭에서 냉이 씀바귀가 등 기대고 일어서는
눈보라를 견뎌낸 눈물의 부피만큼
나무들은 더 많은 열매들을 품에 안는다

양파껍질 같은 절망을 한 겹씩 벗겨내어라
뽀얀 속살의 먹기 좋은 내력으로
그렇게 눈물을 견뎌낸 자에겐 새벽이 온다

부디 눈보라를 견디어라
따뜻한 세상은 언제나 우리 바깥에 있다

숨은그림찾기

그해 여름의 봉숭아꽃이 피고 있었다
방금 팍 피어오른 연분홍 꽃들이
어제 매단 꼬투리를 가려주고 있었다
누이가 키워낸, 바람이 잘 드나들고
담장 밑 아직 퍼지지 않은 봉오리의,
봉곳이 가려진, 마치 입술과도 같은 것들이
잎과 잎 사이로 집 구경을 나와 있었다
한 번 떠난 자리에서 두 번 떠나지 못하는
내 누이의 생각을 닮은 꽃들이
붉은 저녁을 어루만지고 있었다
노을이야 노을, 속으로 내지르는 소리를
건너편 산비둘기가 들었는지 구구 울었다
나에게만 들리는 소리로 울었다
추석을 며칠 앞둔 밤이 깊어가면서
달의 테두리가 한결 둥글어져 있었다

멸치털이

보름달이 한껏 물이 올랐다
그물코에 걸린 멸치들이 허공을 날아오른다
저 가파른 춤사위가 종일 힘쓴 대가라면
나는 배를 타지 않으리라,
줄줄이 아가미가 꿰이거나 배가 터진 것들이
어부들이 내지르는 거친 호흡에 따라
아득히 공중으로 날아올랐다 바닥으로 떨어진다
그때마다 튕겨 오르는 비늘들
저것들은, 망망대해 내달리던 날개가 아닌가
저 비늘의 은빛 반짝임 속엔
알맞은 크기의 집들이 일가를 이루고 있을 것이다
그물 흔드는 어깨춤이 신명을 더해 가면
바람에 실린 아카시꽃향기도 코끝을 간질인다
그림 같은 바다가 훈풍에 몸을 풀듯
떠날 수 없는 배들은 부두에 몸을 풀었다
멸치 비늘로 범벅이 된 사람들과
출렁이는 뱃전으로 쏟아지는 달, 달무리
마치 공중곡예를 하다가 바닥으로 불시착하는
저것들이, 이곳의 소중한 양식이라면
나 또한 멸치가 되어 하늘 날아오를 테다
땀과 비늘 얼룩진 몸이 오늘따라 성스럽다
공중에서 은빛 포물선을 그릴 때마다
만월의 밤바다가 환하게 열린다
출렁거리는 것들을 나는 오래 눈여겨본다
밤하늘 둥글게 집어등이 걸려있다

박기동

■ **박기동**

• 1953년 강릉 왕산 출생

• 1974년 《시문학》의 〈대학시집〉에 시 당선

• 1982년 《심상》 신인상 당선으로 문단 데뷔

• 시집으로 〈漁夫 김판수〉 〈내 몸이 동굴이다〉 〈다시, 벼랑길〉
  〈나는 아직도〉 등

• 주소 : 춘천시 동내면 춘천순환로94번길12, 202-1202(부영아)

• 연락처 : 010-4795-1918

• 현재, 강원대학교 체육대학 교수

• 전자주소 : phdong@kangwon.ac.kr

고소공포증 외 4편

박기동

여행할 때 케이블카 앞에
다다르면 한참 숨을 죽여야 합니다.
나이 들면서 점점 더 심해지는 거 같습니다.
군대에서는 유격이니 담력 훈련이니 거친 흉내를 내기도 했지요.
차마 견디지 못하겠다고 비명을 내지르기 직전
잠시 잠깐 없어졌다가 돌아오기를
몇 번,
어디 그대 앞에 다다른다 생각하면
캄캄해진다 할까요.
숨을 죽여야 합니다.

한강의 『흰』, 「백발」 91쪽

백발(모두 인용하고자 하면, 표절이 차라리 낫겠다. 최대한의 인용은 곧 표절이다.)

새의 깃털처럼 머리가 하얗게 센 다음에 옛 애인을 만나고 싶다던 중년의 직장 상사를 그녀는 기억한다. 완전히 늙어서…… 한 올도 남김없이 머리털이 하얗게 세었을 때, 그때 꼭 한번 만나보고 싶은데.

그 사람을 다시 만나고 싶다면 그때.
젊음도 육체도 없이.
열망할 시간이 더 남지 않았을 때.
만남 다음으로는 단 하나, 몸을 잃음으로써 완전해질 결별만 남아 있을 때.

아주 가벼운 시 한 편 : 아기들의 소리

　지역동네의 동인활동의 하나로 작품 다섯 편을 청탁 받았다. 작품을 일로써 삼지 않는 나 같은 시 건달에게는 약간의 스산함이 자연스러운 것이다. 그 다음으로 으레 따라오는 것이 본격적으로 했으면 뉘 못지않다는 종주먹을 내미는 경우도 있기는 하다.

　아기들이 태어나면 배내소리를 낸다. 엄마에게도 통하지 않는 소릴 낸다. 이윽고 세월이 쌓이고 나이가 차면서, 백일이나 첫돌을 향해 나아갈 것이다. 무슨 의미가 있는 소리가 아니라 그냥 소리를 내고는 한다. 아기들은.

소리가 사라짐으로 소리가 드러난다

기억나지 않는다. '메모미모'처럼 아주 느슨하게 이름 지은 거 같은데 다시
생각나지 않는다.

내가 들면 너는 그만 둔다. 인기척이 나면 모든 작업을 거둔다. 여름 대낮,
숲에 들면 가차이만 가차이만 소리를 거두어들인다. 소리가 사라짐으로 소리가
드러나는 기이한 체험. 장지문 창호지에 빗물 배어들 듯이, 숨죽이는 소리.

자신을 맷돌삼아

    무심한 어느 철학자(최진석)의 한 마디다. 시인이 시를 쓰지 않으면, 최소한 사람이 될지 몰라. 시를 쓰려면 자신을 맷돌삼아야. 근데도 사람들은 시인에게 무언가 물어본다. 설마 사람에 대하여 시인에게 물어본다면?

이화주

■ 이화주

• 1948년 경기 가평 출생.

• 1982년 강원일보 신춘문예와 아동문학평론으로 문단에 나옴.

• 동시집 『아기 새가 불던 꽈리』 『내게 한 바람 털실이 있다면』
  『뛰어다니는 꽃나무』 『손바닥 편지』 『내 별 잘 있나요』
  『이화주 동시 선집』과 그림동화 『엄마 저 좀 재워주세요』가 있음.

• 강원아동문학상, 강원문학상, 강원펜문학상, 한국아동문학상,
  윤석중문학상 등 수상.

• 춘천교육대학 부설초등학교 교장으로 정년퇴임.

• 주소 : 강원도 춘천시 우석로 101번길 86, 107동 1402호
  (석사동, 대우아파트) (우24318)

• 연락처 : 010-8605-5099

• 전자주소 : cchosu@hanmail.net

달밤 · 1 외 4편

이화주

외딴집
할머니가 혼자 산다.
할머니 심심할까봐
그림자가 졸졸 따라 다닌다.

아카시아

붕붕붕

잔칫집 같던 아카시아 꽃나무
빈집 같다.

바람에 떨어지는
꿀샘 마른 젓꼭지

세상에 하나뿐인 사과

동생 책상 위
사과 하나
내가 먹었다.

자기 짝이 준 사과라며
동생이 엉엉 울었다.
"형이 사과 두 개 줄게."
"엄마가 사과 한 바구니 사 올게."

그래도 동생이 엉엉엉엉 울었다.
"세상에 하나 뿐인 사과라고."

주사 맞기

간호사 누나
내 동생 팔 살짝 꼬집으며
요만큼 밖에 안 아프다.
정말이요?
정말이야.
아프면 만원내기에요.

주사 맞은 내 동생
앙앙 울며 간호사 누나에게
아프잖아
만원 내놔
만원 내놔

달님보다 더 겁나는

걷기를 하다
오줌이 마려워
달님이 보지 못하는 곳 없나 살피며
잠깐 실례하려 하는 데
누나가 겁준다.

"너 조심 해.
몰래 카메라가 일러바친다."

"누나는
달님보다
몰래 카메라가 더 겁나?"

"그럼, 몰래 카메라는 마음을 못 읽거든."

탱탱한 오줌보

허 문 영

■ 허문영

- 1989년 《시대문학》 등단
- 시집 〈내가 안고 있는 것은 깊은 새벽에 뜬 별〉 〈고슴도치 사랑〉
  〈물속의 거울〉 〈사랑하는 것만큼 확실한 건 없습니다〉
  〈왕버들나무 고아원〉이 있음
- 에세이집으로 〈네 곁에 내가 있다〉가 있음
- 전 춘천문인협회장, 강원도문화상, 춘천예술상대상 수상
- 현재 강원대학교 약학대학 교수
- 전자주소 : myheo@kangwon.ac.kr
- 주소 : 춘천시 춘추로 174, 102동 405호 (퇴계동, 그린타운)
- 휴대폰 : 010-5372-5604

동행 외 4편

허문영

그는 잠시 쉬고 있다
언제라도 체온이 들어와
그를 채우면 새가슴 아래 심장은 뛴다

집을 나서기 전에는
가끔 화장을 하기도 한다
그를 매일 같이 고쳐 매주며
새로 출발하는
주름진 얼굴이 비친다

누군가와 함께 세상을 쏘다닐 때
그도 한몸이 된다

살이 찢어지고 피가 나더라도
영원히 쉬고 싶지는 않다

따지고 보면
누군가의 생애를 업고 다녔다

세상의 낮은 곳에서
어디론가 가고 있는 그는 누구인가

바람인가 구름인가?
바람과 구름의 동행인가?

개밥바라기별

샛별이라는
예쁜 이름 놔두고
하필이면 개밥바라기별이라니

바라기는 사기그릇
그렇다면 개밥바라기는
개밥그릇이라는 뜻인데

누군가 별을 바라보며
저녁끼니를 생각했나
누군가 에둘러
제 밥그릇을 개밥그릇으로 불렀나

개밥과 바라기와 별
서로 통할 듯 말듯 한 데
하늘과 바람과 별과 시처럼
마음속에 반짝이는 말들

밥이 희망이 되던 시절
해질 무렵
어스름처럼 다가오는 빈속의 허기
별이 되어 서녘하늘에 떠오르고

개밥그릇에 담긴 별은

내 밥그릇에 담긴 별인데
새벽녘엔 샛별로 떠서
누군가의 희망이 되었으면!

빠름과 느림

모두들 빨리 안 가려고 하는
그런 세상이 왔으면 좋겠어요

사실 빨리 어딘가에 도착하면
또 무엇을 해야 하나요

빠름이 빠름을 낳아요

제일 느린 선수가 월계관을 쓰는
그런 마라톤이 있다면
올림픽 최고의 경기가 될 거예요

민달팽이처럼
향기 나는 마음의 숲 속을 기어 다녀보세요

거북이처럼
바람 부는 생각의 들판을 기어 다녀보세요

넓은 세상을
참 자세히 볼 수 있을 거예요

느림은 느림을 낳아요

그제서야
모든 걸 사랑하게 될 거예요.

말문門 · 1
— 시인의 꿈

올해 61살 6개월의 남자 시인입니다
그동안 외계어 같은 말만 해댔는데
한두 달 사이에 갑작스레 진짜 말이 나오기 시작했어요

정말 애타게 기다렸는데
한 달 전부터는 어설프지만 한 문장씩도 나오고요
말이 엄청나게 많아지네요
질문도 많고요

정말 늦게 말문이 트여서
기다린 만큼 너무 신기하고 스스로 대견스럽습니다

반면에 분노조절이 잘 안 되는 거 같아요
소리를 고래고래 지르면서 목청 터져라 괴성을 지르네요
늦게라도 봇물 터지듯 말문이 터져서 좋긴 한데
말하는 행동이 좀 과한 것 같아요

오랫동안 말문이 막혔었으니
맨몸으로 표현하는 법이 더 익숙했던 것 같아요

이제 말문이 열렸으니
언제라도 닫지 말고
꼭 열어두고 자야겠어요

늦게 서야 터진 말문으로
새어 나오는 시를 받아써야겠어요.

말문門 · 2

— 시인의 꿈

계송偈頌도 아니고
오도송悟道頌도 아닌데
트이지 않는 말문

입속에서 뱅뱅 도는
꼭하고 싶은 말
봇물 터지듯 빵 터졌으면

마음속에 움트던
전하고 싶은 말
꽃봉오리처럼 피어났으면

말문이 열리면
맨 처음 세상에 하고 싶은 말

"왜 이제야 시가 나왔니?"

황미라

■ 황미라

• 1989년 《심상》으로 등단.
• 시집으로 『빈잔』 『두꺼비집』 『스퐁나무는 사랑을 했네』가 있음.
• 시화집으로 『달콤한 여우비』가 있음.
• 주소 : 강원도 춘천시 서부대성로 332 (석사동, 청구아파트)
          101동 1603호 (우24316)
• 연락처 : 010-2395-7385
• 전자주소 : mrhwang1989@hanmail.net

파리의 9 외 4편

황미라

9가 사람을 홀린다 진열된 물건마다 19 / 299 / 3,999…
끝자리는 9가 지킨다 9는 대단하다
서울 9가 파리에 왔는지 파리의 9가 서울로 갔는지 몰라도
종횡무진 바쁘다
9를 넘어 20 / 300 / 4,000이면 금방 지구가 망하기라도 할 것처럼
갈고리를 세우고 사람을 노린다
19와 20 / 299와 300 / 3,999와 4,000
간극이 멀고도 깊다 사람들이 방향을 잃고 서성거린다
나도 낚였다 키득키득 6, 9, 6, 9… 몸을 뒤집으며 집까지 따라붙는다
나를 매달고, 나를 부리며,

파리의 정원

집집마다 잘 가꿔놓은 잔디와 꽃들이 예쁜 정원들
먹고 자고 먹고 자고 동서양이 다를 게 없는데
너른 정원에 빨래줄 하나 없다

빨래는 다 어디로 갔을까
딸네는 지하 세탁실에 셔츠며 양말 널어놓고 출근하는데
남들은 일상의 쾌쾌한 슬픔과 괴로움 어디서 말리고 있나

ㅎㅎ 예쁘지 않으면 못 참는 여기 사람들
도시풍경 해친다고 건조기나 실내에서 말린다면
틀린 말도 아니다
어디에 함부로 제 허물 널어놓으랴

그래도 한번쯤 햇살 아래 널브러져 볼 일이다
하늘에 저를 환히 비춰 볼 일이다

빨랫줄 풍경이 무슨 명화처럼 가슴에 걸리는 오후
햇살 아래 나를 뒤집어 넌다
올올이 축축한 설움 먼 바람 꽁지에 매어단다

파리의 산비둘기

산비둘기 한 마리 지붕 위에 앉았다

여기 프랑스에도 산비둘기 많다는데
내 귀엔 음치라고 놀려대던 영락없는 우리 동네 뒷산 그 녀석이다
꾸꾹꾸꾹 꾸꾹꾸꾹 목쉰 소리로 참 크게도 운다

옆집 마당에서 아이들 노는 소리, 골목에서 사람들 떠드는 소리, 송송 송송
뜬구름처럼 멀기만 한데
나는 산비둘기와 말 트고 논다 모처럼 귀가 즐겁다

이렇게 정다운 산비둘기, 내 나라에 가서도 좋을까
바람도 없이 사람의 마음은 어떻게 뒤집히나

그걸 아는지 산비둘기 어느새 사라져버렸다

파리 마트 가는 길

한가로운 파리 교외, 삼거리 꽃밭 지나
노인정 그리고 약국 지나 보존하는 옛 빨래터
흐르는 물 없이 화분만 가득한 낮은 지붕 아래서 꽃구경 하다가
여기 아낙들이 벌였을 손 시린 이야기꽃 상상하며
마당 너른 마트에 가네

생선 껍질 홀랑 벗겨 뼈까지 발라놓아
명태인지 대구인지 다른 무엇인지 알 수가 없네
껍질의 비애를 생각하며 지느러미 말짱한 녀석 낯익은 도미를 골랐네
벌써 몇 번째 도미만 사네

못생긴 오이 맛없는 호박
우리 거 비슷한 야채 찾아 두어 바퀴 돌다가
맛없어 갖다놓지도 않는다는 생수 에비앙
우리는 왜 수입을 하나? 고개를 갸웃거리며 계산을 하네
마트직원 계산하다 말고 지인과 한참 수다를 떠는데
벽면 수행하듯 앞사람 등을 보고 모두 조용히 기다리네

봄 햇살 나른한 길을 따라 되돌아가는 길
옛 빨래터 꽃잎에 눈길 한 번 더 주고
길가 벤치에 앉아 주먹만 한 쇠로 구슬치기 하는 사람들 지켜보다가
어린 시절 학교 운동장에 구르던 유리구슬 꽃처럼 환해져
시린 눈 비비며 느릿느릿 길을 건너네

점심시간이면 어김없이 문을 닫는 약국 지나 노인정,
액자에 끼인 그림 같이 창문에서 손 흔드는 할머니
나도 손 흔들어 답례하며 집으로 오네

나를 돌아오는 한낮의 순례
걸음걸음마다 잔잔하게 퍼지는 그리움 있어
찬거리 핑계 삼아 오늘도 마트에 가네

파리의 지하철

가끔 생각나는 손 있다

파리 지하철에서 개찰구를 빠져나가려는 내 가방 속으로 들어오던 여린 손 하나

손지갑에 막 닿으려는, 이걸 어쩌나 망설이다가 그냥 고개를 돌려버린 짧은 순간, 정면으로 마주쳤는데 이상하게 얼굴은 생각나지 않고

소녀의 하얀 손만 떠오른다

또래들과 후다닥 줄행랑을 치던 그 이국의 소란스러움이 여태 귀를 흔든다

어쩌다가 말도 안 통하는 너와 내가 이런 일로 대면하게 되었는지…

그 가늘고 예쁜 손 많이 외로웠나 보다, 먼 나라 우리 집까지 따라와 돌아가지 않는 걸 보면

낯선 지폐가 편지처럼 읽힌다

한승태

■ **한승태**

• 강원 인제 출생

• 1992년 강원일보 신춘문예 등단

• 현재 춘천 애니메이션박물관장Director

• 수석학예연구사Chief Curato

• 주소 : 강원도 춘천시 후만로126번길 31 (후평동, 대우아파트)
        8동 203호 (우24308)

• 전화 : 033-245-6450(직), 010-6373-3704

• 전자주소 : hanst68@hanmail.net

참으로 닮았다 외 4편

한승태

어제나 그제쯤이었을까 (뭐 그렇다는 거다)
문을 열고 나왔다 그리하여
무언가를 잃은 당나귀처럼 작은 걸음으로
사람들의 왕래가 많은 그 길로 걸어 들어갔다
그 누구도 무슨 일이 있었는지 보지 못했다
지하철 입구에서 전단지를 받으며 비로소
단순함에 이르렀기에 살생도 할 수 있는 것이라고
아니 무언가를 죽이는 것도 그런 생각들이라고
그런 생각을 견디다 못해 자살도 하게 되는 것이라고
쿨럭이는 밤안개처럼 흘러 다니다 문득
너무나 일에 골몰하여 정신을 못 차리는 것도
시간을 허비하는 것이리라 (뭐 그랬을 거란 얘기다)
증명서와 온갖 뉴스가 너를 끌고 다녔구나
어느 날 세상 사람들의 눈에 이미 너는
늘 바쁘고 고독할 의무를 지닌 시민
아니었구나, 국민도 시민도 가족도(뭐 그렇다는 거다)
흰 페인트로 그려진 몸의 체적만 있을 뿐
얼굴은 보이지 않는다, 너와 나
참으로 닮았다

가물거리는 별빛은 목숨 같아서

남편의 재잘거림은 저 별빛 같아서
흡사 윤사월 개구리울음을 닮기도 했다
그 재잘거림을 듣다가 잠이 들기도 했던 것인데
샛별에 잠을 깨신 어머니는 장독대를 돌아
내 탯줄을 손에 쥐고 호박 섶 뒤로 사라지기도 했다
어떤 날은 흰 고무신이 떠내려 오기도 하고 또 어떤 날은
소박데기로 온 별이 쏟아져 내리기도 했던 것인데
살별 뒤로 몸을 숨기시는 어머니의 흰 옷자락이 보이고
길고 긴 먹구렁이가 무동을 태우고 가는 우주의 한 켠이
눈을 껌벅였다 행길에는 끝없이 무모한 질주가 이어지고
어머니는 달맞이꽃 속으로 황급히 몸을 숨기셨다
젯밥이 무에 그리 못마땅하셨는지 헛구역질 끝에
플라스틱이나 햄버거, 약봉지 같은 것들만 뱉어내셨다
그런 날은 힘없이 내게 웃어주기도 했던 것인데
그럴 때면 희미한 항히스타민제 기운으로 가물거리고
코스모스 문풍지 밖에선
해왕성 지나고 명왕성을 지나 가까스로 태양을 한 바퀴 돌고
새로 태어날 별빛은 부풀다
제 꼬리를 문 뱀처럼 꿈틀거린다
험한 세상이라고 조심 또 조심하라고
짙푸르게 당부하는 나무들
아주 먼 곳에서
마침내 돌아오는 그립고 반가운 소식과 근심거리로
손에 쥐어진 살별 꼬리가 길게 빛나고

여보, 맨날 이렇게 못 먹어서 어떡하니?

어머니의 유산

나는 어둡고 깊고 축축한 이 계곡에서
오래 잠들기도 했던 것이다 아주 먼
할머니와 그 할머니의 할머니로부터
다시 어머니에게로 이어지는 별빛,
차곡차곡 쌓이는 물이불 덮고 돌아누우면
산 주름만큼 버린 말들 흘러들어와
범람하는 경전들이 큰 소(沼)를 만들고
일렁이는 촛불로 지켜온 종교
한밤내 별빛만 거두다가 마흔 두해
이불 털듯 매일 아침 마음의 모진 각질들
무수히 떨구며 일어나지만
쏟아내고 삼키기를 되풀이하는 저 달
저 산, 아니 저 별, 저 입
내게로 굽이치는 징그러운 짐승들
어떻게 예까지 들어온 것일까
돌아앉아 늘어진 뱃가죽에 건선 연고를 바르고
아침이면 탈색된 머리를 비녀에 꽂아 올리는
저 노구의 신성은
버릴 것들만 꽁꽁 싸안다가
묘혈에 머리카락 몇 올만 남기시는 덕
외면하고 짐짓 모른 체했던
내 어둡고 깊은 우물의 정화수
저 하늘로만 뿌리 뻗는 나무 한 그루

바람이 분다

― 로르카에게

바람이 불면
종소리가 수면 위에 퍼진다
작은 풀잎이 만드는 길
누웠다 사라진다

바람이 불면
숲들은 하늘에 모든 손을 펼쳐들고
심장은
손가락 끝에 뜬 달 같다

가슴의 능선 위에서는
아무도 사랑하지 않는다
다만 어깨를 기댄 채 함께 흔들릴 뿐

바람이 불면
능선과 숲은 하나의 바다
심연 속에
별도 심장을 두근거린다

아버지와 딸
— To Michael Dudok de Wit 그리고 나의 딸

그의 자전거를 타고 여기까지 왔다 누구나
지나야하는 방죽에는 높고 푸른 봄의 행진
페달이 힘겹던 언덕도 아름다워라, 그의
앙다문 치아처럼 가지런히 늘어선 포플러 그
하늘과 맞닿은 심연은 강 건너로 길게 이어지고
포옹하고 못내 돌아서던 나룻배를, 그의 뒷모습을
물소리는 오래도록 배웅했으니
구름은 몸을 바꿔 가며 흘러가고 흘러왔지만
비의 냄새는 풍성히 그를 돋아나게 할 뿐
한 떼의 어린 자전거는 희희낙락했으며
심연은 강폭만큼 더 깊고 더 길고 더 넓어졌으니
어쩌면 포플러는 그를 연주하는 손풍금 같았으리
바람은 쓰러지듯 자꾸 오던 길로 밀어주었으나, 그를 닮은
아이들은 또 강변에 와 손을 씻고 점점 뿌리에 가까워져
나무만큼 키가 자랐고 生은 혼자 걷는 밤길이어서
쓰러지는 자전거를 몇 번이고 일으켜 세우듯
어린 포플러를 키우며 그의 그림자는 커가고
더욱 완곡하게 갈대는 자란다
종달새의 모래알 같은 울음으로
어린 딸의 자전거 바퀴는 하늘로 구르고
종내에는 두 바퀴의 균형이 힘겨워져 가는 날도 있어
나는 방죽을 따라 그렇게
지는 석양을 오래도록 지켜보는 것이다

김창균

■김창균

• 1966년 강원도 평창군 진부 출생

• 1996년 《심상》으로 등단

• 2007문화예술위원회 창작지원금 받음

• 시집 『녹슨 지붕에 앉아 빗소리 듣는다』 『먼 북쪽』

• 산문집 『넉넉한 곁』이 있음.

• 현재 한국작가회의 회원. 고성고등학교 교사

• 전화번호 : 010-3846-1239

• 주소 : 강원도 고성군 토성면 용원로 548-16

• 전자주소 : muin100@hanmail.net

가뭄 외 4편

김창균

노인들은 며칠 째
반신불수의 모과나무 아래서
자신의 그림자를 씹고 있다.
더 이상 자라지 않는
목소리를 꺼이꺼이 꺼내며
어린 손자를 보호자 삼아
불편한 생을 기대 놓고
해마다 열리는 개수가 줄어드는
모과 그림자들 바닥에 떨어져
위태로운 허공을 떠날 때

가뭄과 가뭄 사이
비와 비 사이
모든 사이로만 걸어가는 날들이 이어졌고
몸 한 채를 버리고
또 한 채의 몸을 얻은 매미들이
뜨겁게 떼창을 하는 날들이 있었다.

게들에게

"무장공자"라 했던가
그럼 속이 없으니 배알 틀어질 일도 없겠고
욕하거나 분노할 일도 없겠으나
산란기 암컷 차지하려고 싸움질하며
목숨을 거는 너를 보니
괜히 실없는 웃음이 나온다

죽은 게를 갈아 산 것들의 먹이로 주며
가끔 게딱지에 밥을 비벼먹으며
밥공기 같은 너와
밥공기 같은 너의 등짝으로 떨어지는
수백 번의 저녁을 생각하다가
저 당당한 가로지르기나
침묵을 위장한 내장을 생각하기도 한다

그리고 참았던 눈물을 곱게 싸
너에게 나를 들인다.

꽃구경

옷장을 연다, 거기 내가 사랑했던 한 시대가 걸려 있다
저 통시적인 불편함들이 붉은 꽃무늬로 장식된 봄
나는 겨울 외투를 벗고
지나간 시절 한 벌 꺼내 입는다
순간 화사하게 번지는 무늬들, 붉은 꽃들
겨울옷을 입은 나와 봄옷을 입은 나무들은
서로 건너다 볼뿐 말이 없다, 말이 없어
옷장 앞은 잠시 침묵이고 침묵이 길어지면
저 어색을 달아나기 위해 나는 고민할 것이다
색 다 날린 봄옷을 입은 벚나무 아래서
생각해보면 아득하니
너는 너 쪽으로만 눈이 멀었고
나는 내 쪽으로만 눈이 멀었었구나

그리하여
서로가 낯설게 마주하며
나도 너도 알싸하고 분분하게
저물고야 마는구나
마치 파경처럼 꽃잎이 지는구나.

어느 도예가의 죽음

그는
항아리를 만들고 나무를 만들고 꽃을 만들고
술 먹는 개나, 불구의 사람을 빚기도 한다
어떤날은 자신이 살고 싶은 마을을 만들어
고요히 굽는데, 노릇하게 익은 집들과 산과 길들,
강물도 익고 익어 수분은 증발된 채 바닥만 남았다
강바닥에 주름이 많은 걸 보니
강은 여러 개의 근심을 안고 왔구나
한 주름이 다른 주름을 밀고 밀었구나

파도여, 마침내 파도여
큰 주름과 잔주름 사이 사이
신성이 솟구친 자리를 빚고 굽는 그대여
다시는 돌아갈 수 없는 길
그대가 빚어내는 빛나는 편도여
한 번 뒤돌아보고
내내 굳어버린 마음이여

폐허, 점집 앞을 지나며

오래된 공장 지대나 빈집을 지날 때, 혹은
오래전 문 닫은 점집 마당을 지날 때,
인기척들이 떠난 곳은 모두 폐허인 줄 알았다.

출입문이 좁은 전통도 없이 낡은 식당에 앉아
국밥을 먹는 당신과 내가
가끔씩 메마른 말들을 주고받을 때

불쑥 머리를 쳐드는 것
붉은 잇몸을 드러낸 채
야생의 날숨을 쉬며 엄습하는
빛나는 폐허의 무리들

이상도하지!
지칠 줄 모르고 솟구치는 폐허의 폐허에
뱉어 놓은 욕설이 푸르디 푸르게
증식하다니

발아하는 폐허여
나를 향해 주술처럼 일어서는 공포여
또 어느날 인기척 없는 점집 앞을 지나며
실로 폐허는 살찌고
나의 휘파람은 야윈 것을 알겠네.

박해림

■ **박해림**

• 1996년 〈시와시학〉 시, 1999년 〈월간문학〉 동시 등단.

• 2001년 서울신문, 부산일보 신춘문예 시조 등단.

• 시집 〈그대, 빈집이었으면 좋겠네〉 외, 시조집 〈미간〉 외, 동
  시집 〈간지럼 타는 배〉, 시 평론집 〈한국 서정시의 깊이와 지평〉,
  시조 평론집 〈우리시대의 시조, 우리시대의 서정〉.

• 아주대학교 대학원 국문학과 박사과정 졸업(문학박사)

• 고려대학교 대학원 한국어문학과 석사과정 졸업(문학석사)

• 논문 「일제강점기 저항시의 주체연구」「황동규 시연구」 외

• 지용신인문학상, 수주문학상, 이영도문학상신인상, 청마문학상신인상 수상

• 연락처 010-9263-5084

• 현재 계간 문예지 〈시와소금〉 부주간

• 주소 : 강원도 춘천시 충혼길 20번길 4.(1층)

• 전자주소 : hlm21@naver.com

기대어 핀 봄 외 4편

박해림

봄꽃들 겨우내 숨겨두었던 분 냄새를 내어놓았다

바람이 현기증을 내고 뒤로 물러났다
발끝이 가려운 담벼락도 모른 척 하였다

종이박스 안 고양이가 게으른 잠을 벗어놓고
제 그늘 속을 빠져나왔다

오후의 봄 계단을 내려가던 해가
맨 앞줄의 꽃마리를 뒤쪽으로 밀어놓고
쇠별꽃을 앞으로 당겨놓았다
웃자란 민들레는 제비꽃 뒤에 세워놓았다
조금 떨어진 곳에 선 씀바귀가 서운한 감정을 드러낼 때
바람이 조금 등을 밀어주었다
개망초는 어디에 있든 상관하지 않았다
오후 내내 봄꽃들이 방을 옮기느라 분주했다

미처 거두지 못한 꽃의 그늘은 고양이가 물어다 주었다

고양이가 걸어간 자리에도 분 냄새가 가득했는데
새벽 봄꽃들이 세수한 물을 마셨기 때문이다

봄은 이렇게 매번 서로를 기대어 피는 것이다

뿌리에 대하여

햇빛 잘 드는 차양 아래 수국이 피었다
지나는 바람이 새들을 몰고 와
구름을 부려놓으면
탐스런 꽃송이가 잎사귀를 내놓고 뿌리를 세운다

나무결을 따라 대패질 하는 손이
바깥을 안으로 바꿀 때
더 깊은 바깥으로 숨는 아버지의 거친 호흡은
구름이 되었다가
바람이 되었다

새들이 빗장을 열고
아버지의 가슴에 오후 내내 수국꽃을 부려놓는데
들숨으로만 가득 찬 폐는 터질 듯 팽팽하고
아무것도 내어놓을 것 없는 아버지는
뿌리 대신 발톱을 세웠다

햇빛 잘 드는 차양 아래서
턱을 괸 나는,
아버지가 뿌리를 갖지 못했다는 사실을
오래 알지 못했다

발바닥이 어떻게 생겼는지 더욱 알지 못했다

바람이 새들을 몰고 오자
수국꽃 깊은 바깥에서 하얀 발톱이 우수수 떨어진다

걸어 다니는 나무

산 아래 동네 누군가 나무가 걸어 다니는 것을 보았다고 하였다
아침이면 자리가 바뀌어 있다는 것이다
분명히 바위 허리께에 있었는데
감쪽같이 바위의 발치께에 있다는 것이다

숨어서 살폈지만 나무는 그 자리에서 꼼짝하지 않았다
새벽에도 한낮에도 초록잎사귀와 나뭇가지만 하늘거렸다

그러면 그렇지 나무가 걸어 다니다니,
마을 사람들은 말도 안 되는 소리라고 일축했다

여러 날의 아침이 저물고 여러 날의 밤이 밝으면서
나무에 대한 풍문은 잦아들었다

비바람에 마을 지붕이 들썩였던 날
산 아래 나무들 몇이 뿌리째 뽑혔다
대처에 나간 아이들 소식도 더 이상 날아오지 않았다

나무는 쓰러져서도 오래 앉아 있었다
얼마나 오래 앉아있었는지 사람처럼 보였다
간혹 바람에 그의 낡은 옷깃이 하늘거렸다
대처에 나간 아이들 소식대신
마른 잎사귀가 바닥에 수북이 쌓여 있었다.

사람나무에 대한 풍문은 폭설이 덮을 때까지 계속되었다

사과와 우체통

가을 과수원은 사과 따는 손이 바쁜 날이다
사과가 제 푸른 흔적을 나뭇가지에 새기는 날이다

한 때의 열정이라는 것도 나뭇가지에 빽빽이 매단 붉은 열매 같은 것이어서
누구에게 거저 주지도 못한 붉은 눈물 같은 것이어서
부치지 못한 편지들이어서 저리 숨 가쁘게 달려있는 것이다

사과를 따는 바쁜 손이 사과 향을 맡는 대신
사과가 가진 무게와 생김새를 대강 훔쳐보는데

손대중으로만 살아왔던 한 생애가 이런 것인지
어느 누구의 마음으로 옮겨가지 못하고
겨울눈밭을 구르던 글귀들을 일으키지 못하고
플라스틱 박스 안으로 굴러 떨어지는 사과들

차라리 스스로 붉은 우체통이 되는 것이 낫겠다
붉고 시큼한 우표에 소인을 찍어 당신의 마당에 던져지는 것이 낫겠다
흰 꽃잎을 품고 있는 편지지를 반으로 쪼갤 때
왜 아직도 밤하늘의 별을 두 손으로 받치고 있는지
어설픈 변명이라도 들을 수 있을 것이다

가을 과수원은 커다란 우체통이어서
어디로 가고 싶은 푸른 이야기가 바닥을 가득 채우고 있다

작약과 모란 사이

닮은꼴이 하도 많아서 서로 베끼기를 했다고
표절 아니면 모방이라고 송사로 이어지는 것이 이즈음 세상인심이라는데

유행가 가사도 아닌 것이
성형수술은 더욱 아닌 것이

일부러 모창을 하면서 닮은 구석을 구석구석 찾아내고
얼마나 많이 닮았는지 감탄을 해야 뜨는 가수와 방송프로그램도 있다지만

스토리와 문장을 거의 그대로 가져와도 세상을 살다보면 서로 닮기
마련이라는
서로 닮을 수밖에 없는 역사적 구조에 차라리 단죄를 물어야 한다는
누가 먼저 베팅을 해서 성공하는지에만 판결의 공정성이 주어지는

자세히 보아야 작약이 아니라 모란이고
더 자세히 보아야 모란이 아니고 작약이라는
판결의 공정성이 매우 취약한 봄날의 서정이여

꽃잎사귀 생긴 모양이 어쩌구
꽃 피는 시기가 어쩌구
초본이냐 목본이냐 어쩌구

작약과 모란은 왜 봄날에 피어서 서로 베끼기를 했다고 우기는지

김순실

■김순실

• 1998년 강원일보 신춘문예 등단

• 시집으로 『고래와 한 물에서 놀았던 영혼』 『숨 쉬는 계단』이 있음.

• 주소 : 춘천시 퇴계로 220-20, (현대아파트) 301동 1204호

• 연락처 : 010- 2428 - 5534

• 전자주소 : biya5534@hanmail.net

술렁대는 봄빛 외 4편

김순실

엄마 등에 업혀 봄맞이 나온 아기
처음 본 꽃다지에게 아아 소리 지르네
금방이라도 엄마 등 밀쳐낼 듯
엉덩이 들썩이네
어린 환호에
가만가만 눈치 보던 봄빛 술렁대네

노인회관의 벚꽃 일찍 꽃망울 터뜨렸네
살 날 세고 있는 이들에게
먼저 찾아와 하르르 하르르 한창이네

등 굽은 세상이
꽃그늘 아래 펼쳐지네
녹슨 기억들도 야위어가는
지나간 봄날 아득해
한 살배기 아기처럼 아아 두리번거리네

동동대는 발짓에 느슨해진 포대기 끈
질끈 다시 묶은 엄마
고개 돌려 찡긋,

새봄과 눈 맞추네

마음 한 칸

마음 붙일 곳 없이 찬바람만 윙윙 부는 날
국사봉에 갑니다

눈 내린 끝, 누군가의 낙상을 염려하는
솔가리 뿌려진 오솔길

그 길 오르며
미끄러운 내 생의 바닥에
솔가리 뿌려줄 손길 생각해 보네요

아니 그런 손길이 있기나 할까요
내가 뿌리고 나아가야 할 나의 길

저 까칠한 잎들
제 몸에서 떨어져 나와 속절없이 말라갈 때
이 빙판길의 쓰임 어찌 알았겠어요
이 길 따라 가면
저승길도 안전하겠지요

숲에 오면 누구나 생각 한 짐씩
쟁여놓은 곳 있게 마련이죠
오늘 나는
솔가리 이불 덮힌 오솔길에
마음 한 칸 붙이고 돌아옵니다

겨울나무

도서관 이층에서 보이는 가지 많은 나무
바람 잘 날 없는,
언제나 손이 모자랐던 세상의 어머니들

천 개의 손에는 천 개의 눈이
박혀 있다는 천수관음보살처럼
저 나무에도 무수히 박혀 있을
맹목(盲目)이 아닌 눈은
깊은 생각으로 골똘하다

꿈꾸는 눈으로 나를 바라보는 나무여
수천의 이파리 다 떨군 네게도
영혼이 남아 있는지
얼음 박힌 땅을 어찌 견디는지
그래서 빈 가지에 둥지 튼 새들이
대신 울어주는지

먼 곳에서 한 소식 보내는지
바람이 분다
어떤 예감으로 가지 끝이 일렁이지만
허공의 빈 메아리일 뿐
그 중얼거림 읽을 수 없다

4월의 목덜미

봉의산이 온통 붉었던 그 해
4월의 백일장

'진달래'라는 제목을 받고
연필 꼭 그러쥔 채
솜털 보송한 목덜미를 스치던
꽃그늘 아래에서
원고지에 골몰했던
단발머리 여중생

그때의 목덜미 내려다보이네
이맘 때면
점점 좁혀오는 분홍의 포위망 뚫고
되살아나는 기억

해마다 내게 진달래는
도돌이표라네
그 사이를 왔다 갔다 하는
4월의 목덜미, 내 첫사랑

또 한 소식 전하려는지
메마른 목덜미 벌개져오네

당신은 누구십니까?

아이들이 부르는 노래
'당신은 누구십니까?'

이름 앞에 연상되는 어떤 그림, 어찌보면
굴레이기도 한

노래와 함께 지명당한 아이는
제 이름 앞에서 머뭇댑니다
조금 전까지
짱짱하던 목청 어디로 보내고
모기 소리로 대답하면
친구들은 짝짝
그 이름은 씩씩하구나, 어여쁘구나 응답하지요

하나 하나의 이름 앞에
떠오르는
눈, 코, 입, 머리……
그 다름 앞에 한동안 멈칫합니다

교실 안 어린 당신들이
내게도 묻습니다

당신은 누구십니까?

정주연

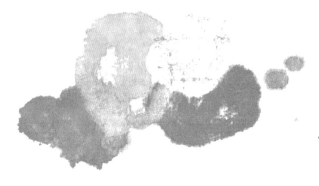

■ 정주연

• 2001년 평화신문 신춘문예 시 당선으로 등단
• 시집 〈그리워하는 사람들만이〉 〈하늘 시간표에 때가 이르면〉
  〈선인장 화분속의 사랑〉 등
• 강원여성문학상 우수상, 강원문학작가상 수상
• 한국시인협회, 가톨릭문인회, 강원문인협회, 강원여성문학회,
  춘천문인협회 회원. 삼악시 동인
• 주소 : 강원도 춘천시 동내면 학곡리 원창고개길 123-15
• 전화 : (033)262-1764, 010-8901-1720
• 전자주소 : jy-june@hanmail.net

바다의 자명고 외 4편

정주연

바닷가 하얀 집
외진 펜션에 사는 그 여자
좁은 가슴 어디선지 또다시 두둥~ 둥 둥
자명고가 운다

먼 바다에서 몰려온 한 떼의 잿빛 파도가
흰 포말로 갈퀴를 세워 가슴을 때리고
어쩌다 고된 노동에도 잠 못 이루는 밤이면
소금기처럼 스며오는 그리움인지 외로움인지
자명고로 우는데

갈매기도 잠이 드는 밤
하릴없이 모래 언덕을 걷노라면
바람인 듯 안개 저 쪽에서 스치는 미망의 그림자

바다 그 긴 베개 위에 귀 대이고 누우면
파도
모래알
물거품으로 스러져 가는
시간의 잠
그 코발트 불루의 자장가

어깨 얇은 여자

꿀이 많아서일까
유난히 짙은 아카시아 향내가
눈부신 오월 봄날을 꼼짝 못하도록 마비시켜
콧속에서도 꿀이 흐르는 듯
꿀 향기에 흠뻑 젖은 날

오랜만에 밥집 식탁에 마주 앉은 키 큰 친구 그녀는
어깨가 많이 얇아져 있다
앙상한 어깨 언저리에 봄 아지랑인 듯
촉촉한 새벽안개인 듯 어렴풋 내려앉은
그러나 가볍지 않은 중량의 저 외로움

향내를 닮은 알싸한 전류 한 줄기
내 빈약한 가슴을 타고 내린다
거부할 수 없는 세월의 상흔을 그저 담담히 품어 안은
저 속 깊고 꼿꼿한 침묵을
헐렁한 T셔츠 속에 넉넉히 숨긴 채
가늘어진 눈매로 짓는 해 맑은 미소

투명인간으로 가만히 그녀의 얇은 어깨를 안아 주면서 생각하네
어깨가 얇아진 사람들은 다 면죄부를 주고 싶다
무조건 등 뒤로 돌아가 아무도 모르게 지그시 안아주리라고

집으로 돌아오는 발길마다

세상 가득한 꿀 향기의 후광 뒤 우두커니 스민 얇은 어깨의 그림자에
나는 졸지에 당황하고 있다

아버지의 골목길

봄눈이 녹아서
여름 빗물이 고여서
때론 하숫물이 넘쳐서
사철 질척이는 비탈길 돌아 개천 옆 골목길

꽁꽁 얼어붙은 길 위에
보송한 연탄재가 깔려 있다
까만 밤을 하얗게 태운 연탄재가 상시 깔리는 길
단칸방 아랫목 냉골까지 데우지 못해
몇 번이나 뒤척이며 새운 밤

무엇이던 그저 미안하고 죄스럽기만 한
그 늙은 아버지의 다 타버린 푸석한 가슴인양
남은 건 닳아빠지고 얇아진 오장육부를 힘겨히
어둑해진 골목길에 고르게 고르게 펴 놓고 있다

그 길을 밟고 학교로 회사로 걸어간
무심한 발길
따순 햇살이 오늘도 그 길을 환하게 비추고 있다.

봄날

행길 건너
다리 건너
소 키우는 집 노 할머니
작년 겨울부터 경로당도 졸업하셨다고
가끔 깊이 굽은 허리를 우산 삼아
대문가에 나와 앉으셨더니

어제
봄밤 새벽녘에 소천하셨다고 한다
툇마루에 쪼그려 앉아 어떤 날은 진종일
하염없이 돌담장 옆 나무 한 그루
눈에 넣어 두시는 듯 하더니

저 하얀 목련꽃
나무 가득 환한 조등으로 걸어 놓으시고
아무도 몰래 잠드셨다

오는 봄만 눈부신 게 아니라
할머니, 그 가는 봄도 저리 찬란한
또 어떤 숨은 하루
꿈같은 생生의 아침 이라네

6월이 오면

은은한 향기로
가만히 가만히 빈 가슴을 찌르는 꽃
찔레꽃
그 말없는 하얀 꽃이 한 차례 피었다 지고

지금은 새빨간 줄 장미꽃들이 눈부신 햇살과 얼크러져
맹렬한 불길로 타오르고 있다
예수 성심의 저 꽃들이 피면
벚나무엔 버찌가 농익어
나무 밑은 개미들이 만찬을 즐기러 몰려 든다
나도 큰 개미가 되어 까치발로 벚나무 늘어진 팔목을 휘어 잡고
까만 젖꼭지만한 버찌 그 달콤 쌉싸름한 과즙 맛에 탐닉해
금방 손바닥엔 버찌 핏물이 흥건해 진다

하루 온 종일 뻐꾸기가 멀리서 울어 대고
살찐 말벌들이 붕붕대며 집 안 밖을 정찰하는
6월이 오면
눈길이 머무는 곳곳마다 나 여기 살아 있다고 손을 흔든다
창포 붓꽃들이 판을 접고 뒤따라
작약도 차마 아쉬운 퇴장을 준비 중인데
목백일홍 꽃은 막 피기 시작하는 꽃들의 릴레이 향연

내 나이가 몇 학년이어도 상관 없다오
이 싱싱한 꽃의 계절 녹음의 권태 속에선 나는 갓 피었던
스무살 두근대는 꽃띠일 뿐이라오

조성림

■ **조성림**

• 춘천 출생.

• 2001년 《문학세계》 신인상 등단.

• 시집 「지상의 편지」 「세월 정류장」 「겨울노래」 「천안행」
「눈보라로 걸어가는 악기」 「붉은 가슴」이 있음.

• 현재, 홍천여자중학교 재직

• 주소 : 춘천시 후만로 119, 금호빌리지 1동 401호

• 연락처 : 010-3372-4793

• 전자주소 : csl4793@hanmail.net

붉은 가슴 외 4편

조성림

겨울 외딴집
나뭇가지에서 하루 종일 등불을 밝히던 홍시가
느닷없이 찾아온 직박구리에게
말 한 마디 없이
남몰래
붉은 가슴을 내어주고 있다

봄부터 하루도 거르지 않고
꽃잎의 화살로
공중에서 지은 하늘농사

그 애지중지한 속살을
연애처럼
선뜻 내주고 있다

그 겨울 부리에 전율한 듯
검은 씨앗 한 알 툭,
세상으로 낙하하고 있다

집이 불타다

그녀의 옛집이 대낮에 전소全燒했다

그 집은 백 년을 바라보던
목조 건물,

불에도 무슨 아가리가 있는지
집 전체를
하나도 남김없이 삼켜버렸다

어쩌면 그 집은 하나의 목관악기

그 속에서
마루가 삐걱거리며 세상 읽던 소리며
세월을 바느질하던 할머니 모습이며
곳간의 속살거림
밤새 다락이 전해주던 이야기들…
어느 하나 버릴 수 없는 파란혼이었다

사실 놀라운 일은
불 자신도 그 사이
그 불에 타 죽고 없어졌다

이 폐허 곁에는 결코 불탈 수 없는
아침못이 거울을 내밀어

가슴으로 쓸어 담고는

정신의 대명사인 채로
눈부시게 반짝이고 있는 것이다

비어서 아름다운 채로

자귀나무 보물을 만나다

화백에게 시서詩書 족자를 받고
아직 원시 그대로인 산막골에 모셔다드리는데
아름드리 자귀나무가
새색시인 양 온통 머리에
족두리, 족두리, 족두리로
화관을 두른 채
예쁘고도 장엄하게 맞이하고 있다

쪽빛 하늘도 산수에 장단을 맞추는지
파랑새를 날리거나
꾀꼬리소리에 사랑을 끝내 적시거나
참매미를 풀어 간절한 시간을 진맥하고 있다

저녁에도 불 밝혀 가슴이 환한
자귀나무 아래
아프리카에서 온 우체부와 도란도란
붉은 자두를 나누는데

폐교의 운동장 가득
개망초꽃이 까르륵 웃음을 터트리며
아이들처럼 들뛰고 있다

이 느린 태고를
이렇게 함부로 맛보아도 되는가

내심 미안해지는데
세상을 씻어내는 푸름에 빠져
세상을 넘어 천천히 물들고 있다

국도

진달래 진달래꽃이 마구
석양처럼 쏟아지는 저녁이면
그 꽃잎들 타고 나는 국도로 간다

국도는 여전히 뱀을 풀어놓아
구불거리고
느리고
평온한 할머니 마음

사람들 눈에 띄지 않아도
뭐, 세상 빠를 게 있냐고
더 높아지고 고고한 소나무들

이 완곡한 길 위에
새들은 노래를 풀어 더욱
진한 색깔로 날개치고

옛이야기 수런수런 풀어놓는 국도가
초저녁별처럼 몰려와 와락
껴안고 가는 것이다

초당을 비로 쓸다

입춘 지난 지 며칠
매화 소식이 간절하게 궁금하여
초당엘 들었는데
한 사내
고택 안팎을 혀로 핥듯 쓸고 있다

햇빛처럼 날아드는 새들
사랑으로 번져오고
나도 저 먼 소리에 빠져
집안을 낱낱이 읽어 가는데

사내여,
마당 저 멀리까지
대나무 빗자루로 쓸고 가는 사내여

그대 빗질하는 마음의 끝에
매화의 붉은 눈매 오리니,

이 봄도 그 빗질에 못 이겨
다정인 양 번져 오리니

김남극

■ 김남극

• 강원도 봉평 출생
• 강원대학교 사범대학 국어교육과 졸업
• 2003년 《유심》 신인문학상으로 등단
• 시집으로 〈하룻밤 돌배나무 아래서 잤다〉가 있음
• 현재, 강릉제일고등학교 근무
• 연락처 : 010-2274-1961
• 주소 : 강릉시 교동광장로 138-15, 205-502(교동, 현대아파트)
• 전자주소 : namkeek@hanmail.net

내 등이 너무 멀다 외 4편

김남극

새벽에 잠이 깨었는데 등이 가렵다
양손을 이리저리 더듬거리니 겨우 가려운 곳에 손이 닿았다

내가 내 등을 긁는 마음으로
저녁까지 옥수수밭을 맸다

자려고 누웠는데 등이 가렵다
양손을 이리저리 휘둘러도 가려운 곳에 닿지 않는다

내 등이 너무 멀다

하루 땅에 엎드린 공력이
내 등을 긁을 수 없는 불구의 몸으로 남는
장년의 저녁 쯤

새벽에 깨어 가려운 등을 또 긁는다

겨울, 꽃

쩡쩡, 개울에서 얼음이 갈라지는 소리가
마을 어귀에서 설해목 지는 소리를 만나는
새벽
창밖을 내다본다

고요가 가득하다
고요 속으로 별빛이 홍건하게 젖었다가 얼어붙는 시간
창에 성에꽃이 창궐하기 시작한다
고요가 꽃 핀다

밖은 얼음꽃
창은 성에꽃

마음 속에도 꽃 한 송이 피울 생각에 설레다가
시린 방바닥에 눕는다

돌아누워도 잠이 오지 않는다

오늘 하루도

오늘 하루도

석유곤로에 기름이 떨어진 아침처럼 난감합니다

심지를 올려 성냥을 그어댔을 때

불이 붙지 않다가 심지가 타들어갈 때처럼

심지만 타들어가 불을 붙일 수 없을 때처럼

내가 이 시간까지 왔다는 게 난감하고

또 난감한 하루가 지나갑니다.

늦가을

어느 가을날 아버지는 마당가 두릅나무를 모두 잘랐습니다 그리고는 곡괭이 까지 동원해 그 뿌리를 다 캐냈습니다 그 연초록 달짝지근한 두릅의 매력을 포기하는 이유가 궁금했습니다

사람 사는 집에 함께 있는 건 다 소중한 존재들인데 한창 자라는 나무 순을 똑똑 잘라내는 건 아무래도 사람이 할 짓이 못되는 게다 어떻게 어린 순을 잘라 먹을 수 있겠느냐 너희들은 아직 젊고 손주들은 아직 어린데

아버지가 산감(山監)이 되어 떠나신 지 십년이 넘도록 두릅나무는 마당가 구석구석에 출현합니다 땅두릅인가 싶으면 어느새 나무로 자라 가시를 칼날 처럼 세우고 순을 따내도 잘 자랍니다 올 가을도 두릅나무 뿌리를 캐내다 한나절 이 갑니다

이별할 때를 안다는 것

알러지 비염 증상이 코끝에 닿을 때를 안다는 것과
당신이 나를 떠날 때를 안다는 게 같은 일이란 걸
이제야 알았습니다

무심코 갑자기 예고도 없이 찾아오는 그 진동이 몰아오는
다급하고 어쩔 수 없는 무모함과 막막함

당신이 그렇게 떠날 것이기에
비염이 코끝에 오면 얼른 약을 먹듯 마음을 돌립니다

등 뒤에서 멀어지는 당신과의 거리를 오감으로 더듬으며
어둠이 내릴 때까지 서 있는 일

그 일에 요즘 열중입니다

한기옥

■ 한기옥

• 강원도 홍천 출생
• 춘천교대 졸업. 방통대 국문과 졸업
• 2003년 《문학세계》 신인상 당선으로 등단
• 시집으로 〈안개 소나타〉가 있음
• 제12회 원주문학상, 제7회 강원작가상 수상
• 원주문인협회, 강원문인협회, 한국문인협회 회원. 무시천동인
• 연락처 : 010-9650-0304
• 주소 : 강원 원주시 남원로661, 7동 306호(명륜동, 세경아파트)
• 전자주소 : eunhasu34@hanmail.net

돌담을 쌓고 또 쌓다 외 4편

한기옥

사나흘 만에 돌아온 안골 집
이빨 빠진 잇몸처럼 돌담이 휑하다
고라니 들쥐 길고양이…
살짝 다녀가신 모양이다
찾아오는 이 없고
휴대폰 한 번 울리지 않는 날 와주면
좀 좋으냐고 빙빙 눈치만 살피더니
주인 없는 날 골라 저지레 치고 가는 녀석들을
뭐라 할 건가
구시렁거리다 한편 생각해 보는 것이다
욕심덩어리 울화덩어리 고집덩어리…
안골 올 때
거의 버리지 못한 채 신고 들어 왔다는 걸 아는 거야
아직 모임에 끼워주기 힘들다는 걸 저리 말하고 있는 거라면
서운해 할 일도 원망할 일도 아니겠다
이렇게 근사한 집을 빌려 주고도
난 왕따다
어쩔 도리 없다
정회원 되긴 어렵겠지만
준회원으로 라도 날 받아주면 안 되겠느냐고
구멍 뚫린 돌담을 쌓고 또 쌓다

며느리밑씻개

연두 잎새 서넛 송곳날처럼 밀어올리고
꽃샘바람 보란 듯 온 몸 흔들어 제치는 거다
망설일 게 뭐야
네 바깥으로 당당하게 고개 내밀어 봐
이적지 겨울 끝자락에 매달려 어쩌자는 거야
웅크리고 있던 내 등 슬며시 떠밀어주는 듯 해
귓불 만져주던 아이인데
앞산 밭일 하러 오는 땅콩 할미 우리집 마실 왔다가
느닷없이 어린 풀무더기 앞으로 다가서며
놔두면 저 혼자 잘난 줄 알고
막무가내로 줄기 뻗는 대책 없는 놈들이라
애초 싹을 잘라야 한다고 뭉텅뭉텅 뽑아 버리시는 거다
어느 시어미 길가다 급하게 볼 일 보고는
파릇한 잎사귀 두어 장 따 거길 닦으려는데
껄끄럽고 따가워 불쾌하고 괘씸하기 짝이 없던 거라
며느리 똥 눌 때나 나타날 일이지 원 참…
그래 이름 붙여졌다는데
분하기로 치면 세상에 이보다 더 분한 이름 있겠나
망설일 틈도 주지 않고는
득달같이 뽑아버리시는 거다
당신 새색시 적 얼굴도 들어있고
고명 딸 눈망울도 들어있고
손녀 아이 꽃 가슴도 들어있는
고 가녀린 것을 매몰차게 뽑아버리시는 거다

뭔지 모를 서러움이
목젓까지 치받쳐 감당할 길 없을 때
가슴 깊숙한 데서 꺼내
눈 맞춰 보게 될 것 같은 이름
며느리밑씻개

산다는 말

밭에 물주다
뜬금없이 사회면 뉴스를 샅샅이 뒤지기도 하고
병원 다니러 나가
A도로를 쏘다니다 들어오기도 한다

앞마당 빼곡한
질경이나 민들레 같은 애들은
바깥세상 궁금해 안달복달하는 일도
아프다고
병원 나갔다 오는 일도 없다

친구한테 전화해
안골 놀러 오라 말하지도 않는다

저들처럼
진득하지 못하고
제대로 스며들 줄 모르니
안골 산다는 내 말
아직 거지반은 거짓부렁이리

산다는 말
내겐
너무 깊고 어려워

이게 아닌데 하면서도
속수무책
빠져들 수밖에 별 도리 없게 만드는

밥값

놈들이 통 알을 낳질 않는 거야요
밥값은 좀 하고 살아야 할 거 아니냐고
닭장 앞에 가 경을 치면
말귀를 똥으로 아는지
멀뚱멀뚱 눈알만 굴리다 달아나는 거라
안골 마가리 집 안주인
걱정이 이만저만 아니시다
춥다고 그럴 수는 없는 거라
인삼차 한 잔 내시는데
목구멍이 따끔거리는 거라
그대를 이적 지 키워준 밥값
헤아려 본 적 있어요?
바람결에 자꾸 들려오는 거라
얼굴 달아오르는 거라
밥값 제대로 하며 살라고
안골이 떠나가라 으름장 놓을 수 있는 안골마님
부러운 거라 높아 보이는 거라
닭들 홰치는 소리
그대나 나나 도진개진
춥다고 빈둥거리긴 마찬가지 아니야요?
내게 경치는 소리로 들리는 거라
밥값 톡톡히 하며 살자고
느슨한 몸에 잔뜩 나사를 조이는 거라

파장 무렵

중앙시장 어귀 구겨진 휴지 조각처럼 구부려 앉은 남자
양볼 가득 진홍빛 꽃물 짙다
야채더미 앞에서 머뭇머뭇
술내 풍기는 곡절은 묻지도 않은 채
아저씨 총각 있죠?
무안하게 걸어 나간 말 되돌릴 길 없어 머쓱해지는데
걱정 마요 늙은 총각 젊은 총각 다 있으니
이왕이면 젊은 총각 말고 오늘은 늙다리 총각 한 단 사가요
쉰내 나는 목소릴 가판대 가득 편다
그러다 주춤주춤
알타리 두 단 값 내미는 나를 향해
덥수룩한 머리카락 고치고 아무 근심 없는 사람처럼
시들해 보여도 김치 맛은 좋을 거야요 걱정 붙들어 매요
눈 마주쳐 오는 그의 어깨 위에
때 이른 저녁햇살 누이처럼 양 손을 얹는 것인데
그 빛줄기 속에서 들었던 것 같다
햇살이 그에게 속삭이던 말

내가 매일 시장에 오는 이유는
널 보기 위해서야
무엇보다 네가 내 맘에 끌리는 건
넌 늘 남들이 처한 걱정이나 근심에 더 눈길 가 있어
네 집채 만 한 아픔을 대단치 않게 생각한다는 거야

제 4 부

표현시동인회 연보

1969~2016

■ **1969년**

- 가을, 박민수 윤용선, 임동윤, 최돈선이 의기투합하여 강원 도내 최초로 《表現詩》 동인을 결성하다.
- 최돈선 동인이 임동윤(1968년 시 당선)에 이어 강원일보 신춘문예에 〈봄밤의 눈〉으로 당선되다.

■ **1970년**

- 08월 20일 《표현시》 제 1집을 춘천인쇄소에서 간행하다.
- 창간호에 〈동인백서〉를 수록하여 《표현시》 동인이 추구해야할 바를 시단에 알리다.
- 05월 최돈선이 《월간문학》 신인상에 〈시점〉이 당선되어 문단에 등단하다.
- 박민수 〈장성〉 외 편, 윤용선 〈데드라인〉 외 4편, 임동윤 〈해〉 외 5편, 최돈선 〈순결한 고독〉 외 4편의 신작시를 창간호에 선보이다.

■ **1971년**

- 08월 15일 《표현시》 제 2집을 강원출판사에서 간행하다.
- 01월 최돈선 동인이 동아일보 신춘문예 동시부문에 〈철이와 남이의 하루〉로 당선하다.
- 5월 임동윤은 군 입대로 작품을 수록하지 못하다.
- 박민수 4편, 윤용선 4편, 최돈선 7편의 신작시를 수록하다.

■ **1972년**

- 09월 01일 《표현시》 제 3집을 박민수 동인의 주도로 원주 남궁인쇄소에서 간행하다.
- 군에 입대한 임동윤은 복귀했으나 최돈선은 행방불명. 할 수 없이 구고에 1편만 골라 동인지에 수록하다.

- 박민수 4편, 윤용선 장시 1편, 임동윤 2편, 최돈선 1편의 신작시와 임일진의 초대시 1편을 수록하다.

■ 1973년

- 01월 윤용선 동인 강원일보 신춘문예에 〈산란기〉로 당선을 하다.
- 최돈선 동인이 다시 복귀하다.
- 02월 01월 《표현시》 제 4집을 박민수 동인의 주도로 원주 남궁인쇄소에서 간행하다.
- 최돈선 4편, 윤용선 4편, 임동윤 4편, 박민수 3편의 작품을 수록하다.

■ 1974년

- 09월 01일 《표현시》 제 5집을 박민수 동인의 주도로 원주 남궁인쇄소에서 간행하다.
- 특별기고로 김영기 평론가의 〈표현시 점묘〉와 박일송, 임일진, 박명자, 이성선, 정일남 시인의 시를 각 1편씩 수록하다.
- 전태규 시인이 동인에 참여하여 동인 5명이 되다.
- 윤용선 4편, 임동윤 3편, 최돈선 1편, 박민수 3편, 전태규 3편의 신작시를 싣다.

■ 1975년

- 05월 박민수 동인 《월간문학》 신인상 공모에 〈광야에서〉가 당선되어 문단에 등단하다.
- 06월 01일 《표현시》 제 6집을 박민수 동인의 주도로 원주 남궁인쇄소에서 간행하다.
- 박민수 4편, 윤용선 4편, 임동윤 4편, 전태규 3편, 정일남 4편, 최돈선 1편의 신작을 싣다.
- 정일남 시인이 동인에 합류하여 동인 숫자가 6명이 되다.

■ 1976년

- 06월 01월 《표현시》 제 7집을 박민수 동인의 주도로 원주 남궁인쇄소에서 간행하다.

- 정일남 동인이 〈투우〉 외 4편으로 신작 소시집을 마련하다.
- 윤용선 2편, 전태규 5편, 최돈선 2편, 박민수 2편의 신작시를 싣다.

■ **1977년**

- 06월 01일 《표현시》 제 8집을 박민수 동인의 주도로 원주 남궁인쇄소에서 간행하다.
- 책머리를 윤용선의 〈하얀 소묘집〉 5편과 최돈선의 〈내촌강〉 외 1편으로 신작특집으로 꾸미다.
- 박민수 3편, 전태규 4편, 정일남 3편의 신작시를 싣다.

■ **1978년**

- 11월 01일 《표현시》 제 9집을 윤용선 동인의 주도로 다시 춘천으로 옮겨 조양기업사 에서 간행하다.
- 박민수 5편, 윤용선 4편, 전태규 5편, 정일남 5편, 최돈선 4편의 신작시를 수록하다.
- 04월 박민수 동인의 첫 시집 〈강변설화〉를 시문학사에서 간행하다.

■ **1981년**

- 12월 박민수 동인의 제 2시집 〈생명의 능동〉을 한국문학사에서 간행하다.

■ **1982년**

- 08월 05월 《표현시》 제 10집을 윤용선 동인의 주도로 제일인쇄에서 간행하다.
- 임동윤의 사정으로 윤용선 13편, 박민수 8편, 최돈선 21편으로 3인집으로 발간하다.
- 표지는 함섭 화가의 그림으로 디자인하다.
- 전태규, 정일남이 동인에 참여하지 못하다. 다시 4인 체제로 돌아가다.
- 여러 가지 사정으로 동인지 발간을 잠시 중단하기로 결정하다.

■ **1984년**

• 최돈선 동인이 첫 시집 〈칠년의 기다림과 일곱 날의 생〉을 영학출판사에 간행하다.

■ **1986년**

• 11월 박민수 동인의 제 3시집 〈개꿈〉을 도서출판 오상사에서 간행하다.

■ **1988년**

• 최돈선 동인의 첫 산문집 〈외톨박이〉가 동문선에서 나오다.

■ **1989년**

• 최돈선 동인의 칼라시화집 〈허수아비 사랑〉이 동문선에서 출간되다.
• 11월 박민수 동인의 시선집 〈당신의 천국〉을 인문당에서 펴내다.

■ **1991년**

• 06월 박민수 동인의 제 4시집 〈불꽃 춤 하얀 그림자〉를 도서출판 오상사에서 간행하다.

■ **1992년**

• 01월 임동윤 동인이 경인일보 신춘문예에 〈나의 노래〉란 시조로, 3월엔 문화일보 국내 최초로 실시된 문예사계 춘계공모에 〈대장간에서〉라는 시조로, 10월엔 《월간문학》 시조공모에 〈지리산고로쇠나무〉 외 1편으로 당선되다.
• 09월 임동윤 동인이 제7회 청구문화제 전국 문예공모전에서 시 부분 〈통고산의 겨울〉로 대상을 수상하다.

■ **1993년**

- 05월 임동윤 동인이 계간 《시와시학》 신인상공모에 《겨울판화집》 연작시 6편으로 당선되다.

■ **1994년**

- 5월 임동윤 동인이 첫 시집 〈은빛 마가렛〉을 계간 시 전문지 《시와시학》에서 출간하다.

■ **1995년**

- 02월 박민수 동인 춘천 수향시낭송회 회장에 취임하다.

■ **1996년**

- 01월 임동윤 동인이 한국일보 신춘문예에 〈안개의 도시〉로 당선되다.
- 09월 박민수 동인의 제 5시집 〈낮은 곳에서〉를 도서출판 고려원에서 간행하다.

■ **1997년**

- 03월 박민수 동인 춘천교육대학교 총장에 취임하다.

■ **1998년**

- 05월 15일 18년 만에 강원문예진흥기금을 받아 서울 새미출판사에서 임동윤의 주도로 《표현시》 11집 〈안개의 도시〉를 발간하다.
- 창립 멤버인 박민수, 윤용선, 임동윤, 최돈선만 동인에 복귀하여 박민수 동인이 대표집필한 자서에서 〈우리 다시 여기 있음을〉 한 목소리로 외쳤다.
- 박민수 15편, 윤용선 16편, 임동윤 15편, 최돈선 15편을 동인지에 수록하다.

- 복간 기념으로 유병훈 화가가 동인 4명의 얼굴을 스케치해 주었고, 이를 책에 수록하였다.
- 처음으로 ISBN을 받아 책을 발간하였다.

■ **1999년**

- 11월 20일 표현시 제 12집 〈영화 샤만카를 보러갔다〉를 강원도민일보사에서 간행하다.
- 박기동, 황미라가 동인으로 참여하다. 동인이 6명으로 늘어나다.
- 박기동, 황미라의 특집으로 각 12편, 박민수 7편, 윤용선 21편, 임동윤 14편을 수록했으나 최돈선은 장시 1편을 수록하는데 그쳤다.

■ **2000년**

- 11월 20일 강원도민일보사에서 〈고래는 무엇으로 죽는가〉라는 제목으로 강원도문예진흥기금을 지원받아 표현시 제 13집을 간행하다. 표지는 함섭 화가의 그림으로 디자인하다. 김창균 시인이 동인에 참여하다. 김창균, 황미라, 박기동, 최돈선(4편), 임동윤, 박민수, 윤용선의 작품 10편씩 수록하다. 표현시동인 연혁을 책 말미에 싣다.
- 박기동 동인이 〈다시, 벼랑길〉을 한결출판사에서 발간하다.
- 최돈선 동인의 시집 〈물의 도시〉가 도서출판 고려원에서 출간되다.
- 임동윤 동인이 한국문화예술진흥원이 주는 한국문학 특별창작지원금 1,000만원을 수혜 받다. 아울러 지학사 간 고등학교 지리교과서 댐 단원에 「안개의 도시」가 수록되다.
- 김창균 시인이 새 식구로 참여하여 도인이 7명으로 늘어나다.

■ **2001년**

- 임동윤 동인이 경기문화재단 문화예술진흥기금을 수혜 받고, 시집 〈연어의 말〉을 계간

문예지 〈문학과경계〉에서 출간하다.

■ 2002년

- 9월 임동윤 동인이 부천시가 주관하는 수주 변영로문학상 전국 공모에서 〈나무아래서〉란 작품으로 대상을 수상하다. 상금 500만원을 받다. 또한 한국문화예술진흥원의 시집 발간 지원금을 받아 세 번째 시집 〈나무아래서〉를 도서출판 다층에서 간행하다.
- 12월 21일 《표현시》 제 14집 〈디지털 속의 타클라마칸〉을 도서출판 ART한결에서 간행하다.
- 황효창 화가의 그림으로 표지를 장식하다.
- 김재룡, 허문영 시인이 동인으로 참여하여 동인이 9명으로 늘어나다.
- 김재룡, 허문영, 김창균, 황미라, 박기동, 최돈선(2편), 임동윤, 윤용선 동인의 작품 8편씩을 수록하다. 박민수 작품은 동인 사정으로 싣지 못하다.
- 책 후미에 동인연보를 처음으로 간단히 싣다.

■ 2004년

- 08월 백담사 모임에서 김남극 시인을 새 식구로 받아들이기로 하여 동인이 총 10명으로 늘어나다.
- 12월 31일 《표현시》 제 15집 〈뜨거운 절망〉을 12월 31일 도서출판 한결에서 출간하다. 표지그림은 함섭 화가의 그림에 신동애 님이 디자인하다.
- 《표현시》동인의 자서 〈젊은 시인을 기다려? 아니 스스로 젊은 시인이 되기로!〉를 책 머리에 싣다. 특집으로 박민수, 윤용선 동인의 2인 소시집을 기획하여 각 10편과 소시집 해설을 곁들여 수록하다.
- 김남극, 김재룡, 김창균, 박기동, 임동윤, 황미라, 허문영 동인의 작품 5편씩 싣다.
- 제 15집 발문으로 최종남 소설가의 〈표현은 시를 아는 사람들의 고향〉을 책 후미에 수록하다.

- 책 후미와 뒤표지 날개에 《표현시》 동인 연보를 수록하다.
- 임동윤 동인이 한국문화예술진흥원 창작지원금을 수혜 받아 네 번째 시집 〈함박나무가지에 걸린 봄날〉을 문학과경계에서 출간하다.

■ **2005년**

- 임동윤 동인이 경기문화재단 문화예술진흥기금을 받아 다섯 번째 시집 〈아가리〉를 문학의전당에서 출간하다.

■ **2006년**

- 02월 22일 가평의 수림농원에서 윤용선 동인의 초등 교장 정년퇴임 기념시집 〈가을 박물관에 갇히다〉와 기념문집 〈조용한 그림〉을 출판기념회를 열다.

■ **2008년**

- 《표현시》 16집 〈새 한 마리 강 건너 복사꽃밭에 가다〉를 02월 29일 도서출판 한결에서 출간하다. 표지그림은 함섭 화가의 그림으로 디자인하다. 책머리의 글은 박기동 동인이 맡았으며, 박민수 동인의 작품 16편으로 정년기념 작품집으로 꾸몄다. 김남극, 김재룡, 김창균, 박기동, 윤용선, 임동윤, 최돈선, 허문영, 황미라 동인의 작품 6편과 함께 박민수 동인에게 전하는 편지글을 특별히 수록했다. 책 말미에 동인 주소록을 싣다.
- 박기동 동인이 〈나는 아직도〉를 도서출판 한결에서 간행하다.

■ **2010년**

- 《표현시》 17집 〈백 년 동안의 그네타기를〉를 02월 28일 도서출판 한결에서 출간하다. 표지그림은 황효창 화가의 그림으로 디자인하다. 특집 컬러화보로 지상 시화전을 열다. 김남극 시에 신대엽 그림을, 김재룡 시에 이종봉 그림을, 김창균 시에 이외수 그림을,

박기동 시에 신철균 그림을, 박민수 시에 서숙희 그림을, 윤용선 시에 최영식 그림을, 임동윤 시에 박흥순 그림을, 최돈선 시에 이외수 그림을, 황미라 시에 김명숙 그림을, 허문영 시에 이광택 그림으로 지상 시화전 작품을 만들다.

- 책 머리글은 '어려움의 시대를 넘어'라는 제목으로 김창균 동인이 집필하다. 화갑특집으로 임동윤, 최돈선 동인의 자작시와 초대시, 그리고 초대산문이 실렸으며, 김남극, 김재룡, 김창균, 박기동, 박민수, 박해림, 윤용선, 허문영(8편), 황미라 동인의 작품 5편씩 수록하다. 책 말미에 동인 주소록을 수록하다.
- 임동윤 동인이 남해군에서 기금 1억으로 공모하는 제1회 김만중문학상 작품공모에서 유배문학부분에 당선하였다. 작품은 「초옥 가는 길」 외 6편이었다.

■ 2011년

- 《표현시》 18집 〈만주라는 바다〉를 12월 03일 도서출판 한결에서 춘천시문화재단 보조금 일부를 지원받아 출간하다. 표지그림은 황효창 화가의 그림으로 디자인하다.
- 특집으로 '시, 화폭에 담다'를 권두화보로 수록하다. 김남극 시에 이광택 그림을, 김재룡 시에 신대엽 그림을, 김창균 시에 황효창 그림을, 박기동 시에 한영호 조각을, 박민수 시에 유병훈 그림을, 박해림 시에 백윤기 조각을, 윤용선 시에 함섭 그림을, 임동윤 시에 신철균 그림을, 최돈선 시에 최영식 그림을, 한기옥 시에 이정여 그림을, 허문영 시에 정현우 그림을, 황미라 시에 김명숙 그림을 화가의 창작노트를 곁들여 수록하다. 18집 머릿글은 '개망초 편지'제목으로 김재룡 동인이 집필하다.
- 박기동과 황미라가 신작소시집을 집필했으며, 중국 심양의 김창영, 한영남, 박경상, 정란 시인의 시 작품이 특집으로 참여하다.
- 김남극, 김재룡, 김창균, 박민수, 박해림, 윤용선, 임동윤, 최돈선, 한기옥, 허문영 동인의 작품 5편씩 수록하다.
- 최돈선 동인의 서정시 모음집 〈나는 사랑이란 말을 하지 않았다〉가 해냄에서 출간되다.
- 임동윤 동인이 경기문화재단 문화예술진흥기금을 받아 여섯 번째 시집 〈따뜻한

바깥〉을 나무아래서 출판사에서 발간하였다.
- 03월 박민수 동인 〈박민수뇌경영연구소〉를 설립히다.

■ 2012년

- 《표현시》 19집 〈오, 낯선 저녁〉을 12월 30일 도서출판 한결에서 춘천시문화재단 보조금 일부를 지원받아 출간하다. '여러가지 문학적 표현을 생각하며'의 책 머리글을 허문영 동인이 집필하다.
- 신작 소시집 특집은 김창균 동인이 자신의 자화상을 쓴 다른 시인의 시와 함께 10편을 발표하다.김창균 동인의 시 읽기는 박용하가 '독실한 시를 읽다'라는 제목으로 쓰다.
- 김남극(4편), 김재룡(4편), 박기동(2편), 박해림, 윤용선, 임동윤, 최돈선(4편), 한기욱, 허문영, 황미라 동인의 작품 5편씩 수록하다.
- 최돈선 동인이 제1회 청선문화예술원 창작지원금 1천만 원을 수혜 받다.
- 03월 임동윤 동인이 계간 시전문지 《시와소금》을 창간하다. 소금과 같은 시를 소개한다는 창간이념을 가지고 통권 4호까지 강행하다.

■ 2013년

- 《표현시》 20집 〈끈질긴 오체투지〉를 12월 28일 도서출판 한결에서 춘천시문화재단 보조금 일부를 지원받아 출간하다.
- '이 시대의 내면을 쓰는 일이 가치 있다는 인식'의 책 머리글을 김남극 동인이 썼으며, 특집으로 춘천이야기에 대한 산문을 박기동 박민수 최돈선 동인이 쓰다.
- 신작 소시집은 허문영이, 김남극, 김창균, 박기동, 박해림, 윤용선, 임동윤, 한기욱, 황미라 시인의 작품 각 5편씩 수록하다.
- 최돈선 동인의 창작동화 〈바퀴를 찾아서〉가 꿈동이 인형극단에서 인형극으로 만들어 중국 순회공연을 하다. 또한 희곡 〈파리블루스〉를 소극장 여우에서 공연하다.

- 06월 박민수 동인의 제 6시집 〈잠자리를 타고〉가 17년 만에 임동윤 시인이 운영하는 나무아래서 출판사에 간행되다. 08월 사단법인 춘천고(古)음악제 이사장에 취임하다.
- 임동윤 동인이 경기문화재단 문화예술진흥기금을 받아 일곱 번째 시집 〈편자의 시간〉을 나무아래서 출판사에서 발간하였다.

■ 2014년

- 《표현시》 21집 〈쓸모없는 쓸모를 찾아〉를 10월 10일 《시와소금》에서 춘천시문화재단 보조금 일부를 지원받아 출간하다.
- 출판기념회 모임을 춘천 온의동 곰배령 한정식음식점에서 갖다.
- 10월 박민수 동인이 인문교양서 〈시인, 진실 사회를 꿈꾸다〉를 《시와소금》에서 간행하다. 또한 12월엔 포토포엠 시집 〈시인, 빛을 초월하다〉를 《시와소금》에서 간행하다.

■ 2015년

- 《표현시》 22집 〈춘천〉을 7월 30일 강원도 강원문화재단 한국문화예술위원회 보조금을 지원받아 《시와소금》에서 출간하다.
- 새 식구로 김순실 양승준 정주연 조성림 한승태 허림 시인을 영입하여 동인이 17명으로 대가족이 되다.
- 7월 박해림 동인의 시조집 〈미간〉이 춘천시문화재단 보조금을 지원받아 《시와소금》에서 간행되다. 또한 같은 달 첫 평론집으로 〈우리시대의 서정, 우리시대의 시조〉를 《시와소금》에서 간행하다.
- 7월 양승준 동인의 시집 〈슬픔을 다스리다〉가 강원도 강원문화재단 한국문화예술위원회 보조금을 지원받아 《문학의전당》에서 간행되다.
- 8월 박해림 동인의 시집 〈그대 빈집이었으면 좋겠네〉가 강원도 강원문화재단

한국문화예술위원회 보조금을 지원받아 《시와소금》에서 간행되다.

- 8월 최돈선 동인의 시집 〈사람이 애인이다〉를 도서출판 《한결》에서 간행하다. 10월엔 산문집 〈느리게 오는 편지〉를 《마음의 숲》에서 간행하고 북 콘서트를 열다.
- 임동윤 동인의 여덟 번째 시집 〈사람이 그리운 날〉을 춘천시문화재단의 지원금으로 도서출판 《소금북》에서 간행하다.
- 12월 윤용선 동인의 시집 〈꼭 한 번은 겨자씨를 만나야 할 것 같다〉를 강원문화재단의 지원금을 받아 도서출판 《한결》에서 간행하다.
- 허림 시인의 다섯 번째 시집 〈말 주머니가〉 세종우수도서를 선정되다.

■ 2016년

- 《표현시》 23집 〈괜찮은 사람〉을 강원도 강원문화재단 한국문화예술위원회 보조금을 지원받아 《시와소금》에서 출간하다.
- 새 식구로 이화주 시인을 맞이하다. 동인이 18명으로 늘어나다.
- 조성림 동인이 시집 〈붉은 가슴〉을 강원도 강원문화재단 한국문화예술위원회 보조금을 지원받아 《시와소금》에서 간행하다.
- 7월 임동윤 동인의 아홉 번째 시집 〈고요한 나무 밑〉을 강원도 강원문화재단 한국문화예술위원회 보조금을 지원받아 《소금북》에서 출간하다.
- 7월 박해림 동인의 두 번째 평론집 〈우리 서정시의 깊이와 지평〉을 강원도 강원문화재단 한국문화예술위원회 보조금을 지원받아 《시와소금》에서 출간하다.

시와소금 시인선 · 044

괜찮은 사람

ⓒ표현시동인회, 2016, printed in Seoul, Korea

....

1판 1쇄 발행 2016년 07월 15일

지은이 표현시동인회
펴낸이 임세한
디자인 유재미 정지은
펴낸곳 시와소금
등록번호 제424호
등록일자 2014년 1월 28일
발행 강원 춘천시 충혼길20번길 4, 1층 (우-24436)
편집 서울 송파구 백제고분로45길 15, 302호(홍주빌딩)
전화 (02)766-1195, 010-5211-1195
이메일 sisogum@hanmail.net

ISBN 979-11-86550-19-9 03810

값 12,000원

....

※ 이 책의 내용의 전부 또는 일부를 재사용하려면 반드시 저작권자와
　　시와소금 양측의 동의를 받아야 합니다.
※ 지은이와의 협의로 인지는 생략하며, 잘못된 책은 교환해 드립니다.
※ 이 책의 국립중앙도서관 출판도서목록(CIP)은 서지정보유통지원시스템 홈페이지(http://
　　seoji.nl.go.kr)와 국가자료공동목록시스템
　　(http:// www.nl.go.kr/kolisnet)에서 이용하실 수 있습니다.

• 이 시집은 강원도 한국문화예술위원회 강원문화재단의 후원금으로 제작되었습니다.